Gisa Pauly
Deine Spuren im Sand

aufbau taschenbuch

GISA PAULY, geboren 1947, ist freie Schriftstellerin, Drehbuchautorin und Journalistin. Sie lebt in Münster und auf Sylt.

Im Aufbau Taschenbuch sind ihre Sylt-Romane »Reif für die Insel« und »Deine Spuren im Sand«, die Insel-Saga »Die Hebamme von Sylt«, »Sturm über Sylt" und »Die Kurärztin von Sylt« sowie der historische Roman »Die Fürstentochter« lieferbar.

Mehr Informationen zur Autorin unter www.gisa-pauly.de.

Als Sängerin wird Emily gefeiert, in der Liebe aber hat sie kein Glück gefunden.

Ihr Manager, mit dem sie liiert war, nutzte sie aus, ein anderer liebte ihr Geld und ihre Popularität mehr als sie. Und der Fotograf Berno, ihre letzte Liebe, verkaufte private Fotos an die Presse. Er sprach von einem Missverständnis, doch Emily glaubte ihm nicht. Als auch noch ein Auftritt in einer Talkshow schiefläuft, flieht sie inkognito nach Sylt. Hier lebte einst ihre Familie, hier liegen ihre Eltern begraben. Ihre Tarnung scheint perfekt zu sein, doch plötzlich tauchen die ersten Reporter auf, die offenbar Wind von ihrer Flucht bekommen haben. Emily sucht bei ihrer Jugendliebe Zuflucht. Doch nicht alle Verfolger lassen sich abschütteln – ein alter Mann folgt ihr beharrlich. Und dann erfährt sie sein Geheimnis ...

Gisa Pauly

# *DEINE SPUREN IM SAND*

Ein Sylt-Roman

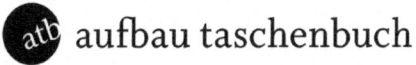 aufbau taschenbuch

ISBN 978-3-7466-2906-3

Aufbau Taschenbuch ist eine Marke
der Aufbau Verlage GmbH & Co. KG

3. Auflage 2021
Vollständige Taschenbuchausgabe
© Aufbau Verlage GmbH & Co. KG, Berlin 2010
Die Originalausgabe erschien 2010 bei Rütten & Loening,
einer Marke der Aufbau Verlage GmbH & Co. KG
Umschlaggestaltung capa design, Anke Fesel
unter Verwendung eines Fotos von
mauritius images/imagebroker/Carsten Lenzinger
Druck und Binden CPI books GmbH, Leck, Germany
Printed in Germany

www.aufbau-verlage.de

# 1.

Der Tag, an dem ich mich zur Flucht entschloss, war ein Samstag. Kein guter Tag! Samstags war Bettenwechsel auf Sylt, dann war vor der Verladerampe in Niebüll der Teufel los. Lange Autoschlangen, Schlangen vor der Toilette, Schlangen vor der Theke des Bistros, auch in der Vorsaison. Doch zum Glück traf der Strom der Sylt-Touristen erst am Nachmittag oder Abend in Niebüll ein, während ich schon am Vormittag hier angekommen war. Nur diejenigen waren mit mir gekommen, für die Sylt ein Naherholungsgebiet war, alle anderen waren noch unterwegs. Und das war gut so! Größere Menschenansammlungen durfte ich nicht riskieren. Denn trotz aller Vorsichtsmaßnahmen, die ich getroffen hatte, konnte ich mich auch hier, am Ende der Republik, nicht in Sicherheit wiegen. Wenn jemand merkte, dass ich den Hindenburgdamm zur Flucht nutzen wollte, dann war ich geliefert. Bevor nicht mein Wagen auf den Autozug gerollt war, durfte ich nicht aufatmen. Wachsam musste ich sein – äußerst wachsam! – und unbedingt dafür sorgen, dass niemand auf mich aufmerksam wurde.

Zugegeben, unauffälliges Verhalten gehörte nicht zu meinen Stärken. Schon gar nicht dann, wenn ich einem Automaten gegenüberstand, der in Automatensprache mit mir kommunizierte. Mit Anweisungen im Display, für die ich erst die Lesebrille aus der Tasche kramen musste, und einer Automatenstimme, die augenblicklich Widerspruch in mir erzeugte. Und das, obwohl sie nach der dritten Wiederholung noch immer keine Anzeichen von Ungeduld erkennen ließ, sondern mit der gleichen unverbindlichen Freundlichkeit wie beim ersten Mal leierte: »Führen Sie Ihre EC-Karte ein!«

»Genau das tue ich doch!« Da war es schon vorbei mit dem unauffälligen Verhalten, das mir in solchen und ähnlichen Situationen leicht außer Kontrolle geriet. »Warum spuckst du das Ding immer wieder aus?«

Auf meine Frage hatte die Automatenstimme keine Antwort. Meine EC-Karte wurde mit dem wenig hilfreichen Ratschlag ausgespuckt, ich möge es noch einmal versuchen.

»Das kann doch nicht wahr sein, dass ich nicht auf die Insel komme, nur weil ich nicht genug Bargeld dabei habe!«

Als hätte jemand meinen Hilfeschrei gehört, als gäbe es jemanden, der sich meiner annehmen wollte, fing auf dem Beifahrersitz ein Hahn an zu krähen. Noch immer fand ich den Klingelton, den ich mir für mein Handy ausgesucht hatte, ziemlich witzig, aber lachen konnte ich in diesem Augenblick trotzdem nicht. Ein krähendes Handy war angesichts meiner Unfähigkeit, mir von einem simplen Automaten die Einfahrt zur Verladerampe zu erkaufen, eher lästig.

Im Display flackerte der Name »Babette« auf. »Schon wieder!«

In den letzten Stunden hatte sie knapp hundertmal versucht, mich zu erreichen. Jetzt war ich allerdings geneigt, ihr endlich eine Chance zu geben. Vorausgesetzt, sie half mir per Ferndiagnose dabei, aus diesem blöden Automaten eine Fahrkarte für den Autozug nach Sylt herauszukitzeln, damit die Schranke, die meine Flucht zu vereiteln drohte, endlich hochging.

»Wo bist du?«, hörte ich Babettes Stimme, als ich den grünen Knopf betätigt hatte. »Sag mir sofort, wo du bist!«

»Sag du mir lieber, wie ich eine EC-Karte in einen Schlitz

schiebe, ohne dass sie postwendend wieder vor meine Füße gespuckt wird.«

»Du stehst vor einem Geldautomaten?« Babette schwieg einen Augenblick, was bei ihr nur dann vorkam, wenn sie außerordentlich verblüfft war. Dann schrie sie los: »Hast du den Verstand verloren? Du hast schon tausendmal Geld aus dem Automaten gezogen. Was soll also diese blöde Frage?«

»Ich stehe vor keinem Geldautomaten«, sagte ich langsam und betont.

Zu weiteren Erklärungen kam ich nicht, denn plötzlich entstand Bewegung in meinem Rückspiegel. Ein Wagen hatte sich hinter mir aufgestellt, statt die zweite oder dritte Spur zu benutzen, wie es alle anderen Fahrer getan hatten, die nach mir gekommen waren und jetzt schon vor einem Kaffee im Bistro saßen.

Entsetzt starrte ich in den Rückspiegel, in dem sich eine Wagentür öffnete, und dann in den Außenspiegel, in dem eine männliche Gestalt heranwuchs.

»Da kommt jemand«, flüsterte ich.

»Dann hau ab!«, schrie Babette.

»Das geht nicht. Ich kann nicht.«

»Mach jetzt keinen Fehler!«, hörte ich Babette noch brüllen, ehe ich den roten Knopf drückte.

Im nächsten Augenblick klopfte jemand an die Scheibe der Fahrertür. Ein Mann beugte sich zu mir herab, ich sah in ein lächelndes Gesicht, dessen untere Hälfte von einem blonden struppigen Bart verdeckt wurde, und in helle, freundliche Augen. »Kann ich Ihnen helfen?«

»Meine EC-Karte«, sagte ich und versuchte ihn nicht anzusehen. »Der blöde Apparat nimmt sie nicht an.«

Sein Lächeln verschwand, er sah mich überrascht und sogar ein wenig besorgt an. Wie ein Oberlehrer hob er den

Zeigefinger und wies auf das Wort, das über dem Schlitz prangte: Fahrkarte! »Da gehört die Fahrkarte rein, falls man schon eine hat.« Er zeigte auf einen weiteren Schlitz. »Hier gehört die EC-Karte rein!«

War ich von allen guten Geistern verlassen? Wieso hatte ich das nicht gesehen? War ich schon komplett mit den Nerven runter und mit meiner Flucht total überfordert?

Vorsichtshalber schob ich die Sonnenbrille vom Kopf auf die Nase zurück, ehe ich den Versuch machte, durchs geöffnete Seitenfenster den Schlitz zu erreichen, in den meine EC-Karte gehörte.

»Ich würde Ihnen ja gern helfen.« Der Typ grinste. »Aber ich kann nur für Sie die Karte in den Schlitz schieben. Ihre Geheimzahl müssen Sie schon selbst eingeben.«

Klugscheißer! schimpfte ich lautlos. Dabei hätte ich dem blonden Bartträger eigentlich hoch anrechnen müssen, dass er sich nicht wieder in sein Auto schwang und mich mit meinem Problem, das gar keins mehr war, allein ließ. Aber konnte ich wirklich wissen, was er im Schilde führte? Vielleicht war er einer von denen, die hinter mir her waren! Dann spielte er hier den Hilfsbereiten, um mich in Sicherheit zu wiegen, und war in Wirklichkeit nur darauf aus, mich bei nächster Gelegenheit in die Finger zu kriegen! Dann, wenn wir irgendwo allein waren. Nein, ich musste auf der Hut sein!

Unauffällig kontrollierte ich den Sitz meiner Perücke und stieg aus. Er drehte mir diskret den Rücken zu, während ich meine Geheimzahl eintippte. Wieder fragte ich mich, warum er nicht in sein Auto stieg. Traute er mir etwa auch den Rest nicht zu? Gang einlegen, die geöffnete Schranke passieren und auf der richtigen Spur zum Stehen kommen? Frechheit!

Ich wartete darauf, dass der Automat mein Ticket für den

Autozug druckte und mir meine EC-Karte zurückgab mit dem Hinweis »Zahlung erfolgt!«. Das ging sehr zügig vonstatten, aber trotzdem reichte die Zeit aus, in mir die Zuversicht zu wecken, dass dieser gutaussehende Mann nicht zu denen gehören konnte, die mir auf den Fersen waren, sondern eher zu denen, für die Frauen noch immer das schwache Geschlecht verkörperten. Aber den einen brauchte ich so wenig wie den anderen. Und so fiel meine Dankbarkeit entsprechend knapp aus. Als wenn ich die Tastatur zur Eingabe meiner Geheimzahl nicht selber gefunden hätte! Irgendwann ...

Trotzdem verstand er meine mehr als flüchtigen Dankesworte falsch und erklärte strahlend, er sei völlig zufrieden, wenn ich bereit sei, ihm zum Dank beim Kaffee Gesellschaft zu leisten.

Ich war über diesen Wunsch derart verwundert, dass ich, ohne ihn einer Antwort zu würdigen, ins Auto stieg und bis zu dem Punkt vorrollte, wo ein Bediensteter der Sylter Verkehrs-GmbH mir mit einem gut gefüllten Stoffbeutel entgegenwinkte. Er trug den Aufdruck »Unser Norden« und war voller Werbematerial. Mehrere Kostproben einer Teesorte, ein Gutschein über einen Euro, der in einer Drogerie einzulösen war, sofern ich mich zum Kauf eines bestimmten Haarshampoos entschloss, ein weiterer Gutschein über ein Glas Prosecco, für den Fall, dass ich geneigt war, in einer Westerländer Pizzeria mein Abendessen einzunehmen. Und als besonderer Clou eine Duschhaube, die mir von einem Apotheker wärmstens ans Herz gelegt wurde.

Hatte es so etwas vor zwanzig Jahren auch schon gegeben? Ich konnte mich nicht erinnern. Aber das lag vielleicht daran, dass ich vor zwanzig Jahren keine Touristin gewesen war, sondern zu den Einwohnern von Sylt gezählt hatte, denen niemand einen Beutel mit Werbematerial zugesteckt hätte. So viele Jahre! Ein Automat musste damals auch nicht bezwungen werden, ehe der Eintritt ins Paradies gewährt wurde!

Ich schloss auf meinen Vordermann auf und landete damit direkt vor der Tür der Damentoilette. Eigentlich wäre ich gern im Auto sitzen geblieben, hätte mich so tief wie möglich in meinen Sitz gedrückt und mich hinter meiner riesigen Sonnenbrille und einer dichten Haarsträhne meiner Perücke versteckt. Aber da ich an diesem Tag außer Wasser noch nichts zu mir genommen hatte, musste ich erstens dringend die Örtlichkeit aufsuchen, vor der ich zum Stehen gekommen war, und zweitens unbedingt dafür sorgen, dass ich etwas in den Magen bekam. Ein starker Kaffee konnte auch nicht schaden, wenn ich ihn auch in einer Gesellschaft zu mir nehmen würde, die mir nicht recht war. Aber besser, ich machte ein paar Minuten dezente Konversation, als mich durch auffallendes Ablehnen derselben für immer in das Gedächtnis eines Mannes einzubrennen, der sich dadurch später an mich erinnern würde. Und vielleicht war es ja auch gut, meine Verkleidung zu testen, bevor ich einen Fuß auf die Insel setzte?

Eine Toilettenfrau, die womöglich mit dem Gedanken spielte, später mal ihre Memoiren zu schreiben, gab es zum Glück nicht, und die junge Mutter, die ich vor dem Waschbecken antraf, hatte genug mit ihrer kleinen Tochter zu tun, die partout nicht nur ihre Hände, sondern auch die Ärmel ihrer Strickjacke waschen wollte. Sie blickte nur kurz auf, als ich mich neben sie stellte, und widmete sich dann wieder mit großem Engagement ihren pädagogischen Ansprüchen.

Udo Jürgens berichtete unterdessen, dass er noch niemals in New York gewesen sei, und ich fragte mich, was mit dieser lauten Musik eigentlich bezweckt wurde. Dass sich die Besucher dieser Örtlichkeit nicht einsam fühlten? Oder sollte dieser Lärmschutz ihn vergessen lassen, was in der Nachbarkabine geschah?

Als ich wieder ins Freie trat, war ich genauso unsicher wie vorher. Dass meine Verkleidung ihren Test bestanden hatte, davon konnte keine Rede sein. Das große Risiko stand mir noch bevor. Was würde ich tun, wenn jemand mit dem Finger auf mich zeigte? Davonlaufen kam nicht in Frage. Wohin auch? Meine Flucht war hier zu Ende, soviel stand fest. Zurück konnte ich nicht, und vor mir lagen nur der Hindenburgdamm und das Watt, durch das er mich führen sollte. Unerkannt! Was auf Sylt mit mir geschehen würde, wenn ich schon hier entlarvt werden sollte, mochte ich mir nicht vorstellen.

Udo Jürgens' Stimme war mir gefolgt. Die gleichen Lautsprecher, die in den Toilettenräumen angebracht waren, gab es auch über der Tür, die hineinführte. Ich warf einen Blick auf die große Uhr und stellte fest, dass es noch eine halbe Stunde zu überbrücken galt, bis das Verladen beginnen würde. Dreißig lange Minuten, in denen alles Mögliche passieren konnte! Wenn ich mich nun einfach ins Auto setzte und den Mann, der mir geholfen hatte, auf seiner Belohnung sitzen ließ?

Dann aber erwachte in mir der pure Selbsterhaltungstrieb, und der gab mir eine andere Entscheidung ein. Ein Kind verließ das Bistro mit einer fettglänzenden Frikadelle in der Hand. Der Duft stieg mir in die Nase, meine Nackenhaare richteten sich auf, ich begann unter meiner Perücke zu schwitzen. Hunger! Ich brauchte unbedingt etwas zu essen! Es gab nur zwei Möglichkeiten: Entweder, ich entriss dem Kind die Frikadelle und stopfte sie in mich hinein, ehe der Vater eingreifen konnte, oder ich ging auf der Stelle in dieses

Bistro und kaufte mir eine Frikadelle. Oder zwei oder drei! Wenn ich ganz mutig war, sah ich dabei der Verkäuferin offen ins Gesicht.

Da die erste Alternative natürlich nicht in Frage kam, griff ich also zum Türknauf und stach in das wunderbare Duftgemisch von Grillwürsten, Gyros, frischen Brötchen und Kaffee. Udo Jürgens empfing mich mit der Mitteilung, dass er ebenfalls noch nie auf Hawaii und in San Francisco gewesen sei. Ich versuchte ihn zu ignorieren und ging schnurstracks durch den langen schmalen Laden, vorbei an der Sylt-Literatur, den Souvenirs und dem Reiseproviant, direkt auf die Theke zu, wo zum Glück gerade niemand wartete. Meine Reisebekanntschaft hatte ich vor lauter Gier vergessen. Er fiel mir erst wieder ein, als ich eine Stimme rufen hörte: »Den Kaffee habe ich schon besorgt!«

Vergnügt hockte er vor zwei großen Kaffeebechern und winkte mir zu, als hätten wir eine gemeinsame Anreise hinter uns.

»Also gut!« Ich nickte zurück und bestellte bei der Thekenkraft drei Frikadellen, zwei Brötchen und einen Krautsalat.

In diesem Moment hatte Udo Jürgens sich damit abgefunden, zu Frau und Kind zurückzukehren, statt nach New York abzuhauen, und das nächste Lied ertönte. »Deine Spuren im Sand, die ich gestern noch fand ...« Alles, was zur Verladerampe gehörte, wurde mit derselben Musik beschallt.

Fest schloss ich die Augen und bedauerte, das Gleiche nicht auch mit meinen Ohren tun zu können. Unser Lied! Ausgerechnet jetzt! Und ausgerechnet hier!

»War's das?«

Ich öffnete die Augen wieder und nickte. Ja, das war's! Mit Maik und mit mir war's vorbei. Schon lange!

Während des Bezahlens versuchte ich, die Kassiererin mein Gesicht nicht sehen zu lassen, und stellte mich demzufolge derart ungeschickt an, dass ich nach der Hilfe beim bargeldlosen Kauf einer Fahrkarte nun auch Hilfe beim Transport meines Tabletts benötigte. Jedenfalls kam es dem großen Blonden mit dem struppigen Bart wohl so vor, und ich ließ ihn gewähren, damit ich, während ich ihm zum Tisch folgte, ausschließlich auf meine Schuhspitzen blicken und mein Gesicht hinter einer herabfallenden Haarsträhne verbergen konnte.

Als ich mich niedergelassen und den ersten Schluck Kaffee getrunken hatte, ließ die Angst ein wenig nach. Und als ich dann herzhaft in eine Frikadelle beißen konnte, ging es mir schon wesentlich besser. Nachdem ich die dritte verputzt hatte, kehrte sogar mein Optimismus zurück, ich konnte wieder daran glauben, dass das Glück auf meiner Seite war. Irgendwie würde ich ungeschoren auf den Autozug kommen, sicher in Westerland eintreffen und auf dem schnellsten Wege das Hotel erreichen, wo hoffentlich jemand Dienst tat, der sich keine Gedanken über die Identität eines Gastes machte.

»Hören Sie mir eigentlich zu?«

Erschrocken starrte ich mein Gegenüber an. Hatte er etwas gesagt? In seiner Miene jedenfalls stand eine Dringlichkeit, als hätte er mir soeben ein Geheimnis anvertraut, das bisher nur sein Psychoanalytiker kannte. Geradezu gekränkt sah er aus, schwer gekränkt.

»Entschuldigung«, rief ich erschrocken. »Ich war ganz in Gedanken.«

Aber wie sich dann herausstellte, hatte er mir doch nicht mehr als nur seinen Namen verraten. Das allerdings zum mindestens dritten Male! »Traum! Alex Traum!«

Nun konnte ich sogar schon albern kichern. »Ein richtiger Traummann also!«

Da er nicht mitlachte, musste ich annehmen, dass meine Anmerkung nicht besonders originell gewesen war. Ich entschuldigte mich hastig, fragte mich, wie oft ich mich in der letzten Stunde eigentlich schon entschuldigt hatte, dann trat die Stille ein, die mir anzeigte, dass etwas von mir erwartet wurde.

»Und Sie?«, fragte der Traummann schließlich.

Klar, er wollte meinen Namen wissen! Wer sich vorstellte, erwartete natürlich, dass sein Gesprächspartner ebenfalls seinen Namen nannte.

»Lieschen«, platzte es aus mir heraus. »Müller« konnte ich gerade noch herunterschlucken. Das wäre nun wirklich zu offensichtlich gewesen. Damit hätte ich Alex, den Traummann, so tief gekränkt, wie er es nicht verdient hatte. Was mir vor zehn Minuten noch völlig egal gewesen war, wollte ich nun plötzlich nicht mehr riskieren. Eigentlich war er ja doch ganz nett, dieser Alex Traum. Und ich konnte auch nicht mehr glauben, dass seine Freundlichkeit nur Fassade war und er mir in Wirklichkeit Böses wollte.

»Sagen Sie einfach Lieschen zu mir«, ergänzte ich also und behauptete sogar: »So nennen mich alle.«

Zum ersten Mal sah ich ihm gerade in die Augen, ohne mir eine Haarsträhne vors Gesicht zu ziehen. Bemerkte er etwas? Veränderte sich sein Blick? Wurde aus dem flachen Interesse an einer Frau etwas Wissendes? Ein plötzliches Erkennen sogar?

Nein, Alex Traum schien von keinem Argwohn berührt oder verunsichert zu werden. Das gab mir den Mut, mich umzusehen. An einem Tisch in unserer Nähe saß eine ältere Dame, deren Blick gleichmütig über mich hinwegging, eine junge Familie nahm überhaupt keine Notiz von mir, und das Paar im mittleren Alter, das an dem Tisch in Alex' Rücken saß ... ja, die beiden starrten mich an. Und als unsere Blicke sich trafen, zogen sie die Köpfe ein und tuschelten sich etwas zu. Heiß und feucht kroch die Angst meinen Nacken hoch. Schon sah ich mich unauffällig nach einem Fluchtweg um, da hörte ich, dass die Frau etwas von den schrecklichen Folgen einer Chemotherapie flüsterte und von den bedauernswerten Menschen, die sich einer solchen Behandlung unterziehen und dann lange Zeit mit einer hässlichen Perücke leben müssen.

Ich entspannte mich wieder. Meine blonde Langhaarfrisur war anscheinend nicht von bester Qualität, aber immerhin doch gut genug, um meinen Typ gründlich zu verändern. Und dass ich hier mit einem Mann saß, war vielleicht genau richtig! Die mich suchten, hielten nach einer alleinreisenden Frau Ausschau! Denen würde vielleicht gar nicht auffallen, dass meine langen blonden Locken gestern noch auf einem Holzkopf gesessen hatten, den eine Maskenbildnerin in den Müll werfen wollte.

Also schenkte ich Alex Traum das strahlende Lächeln, auf das er augenscheinlich schon lange wartete. »Wollen Sie Urlaub auf Sylt machen? Oder müssen Sie aus beruflichen Gründen auf die Insel?«

»Ich will meinen Vater besuchen, der auf der Insel lebt.«

»Sie sind ein Sylter Junge?« Ich sah ihn scharf an. Kannte ich Alex Traum etwa von früher? War er ein Nachbarsjunge, ein Mitschüler gewesen, den ich nicht auf Anhieb erkannt hatte?

Aber er schüttelte den Kopf. »Ich bin auf Sylt immer nur in den Ferien zu Besuch gewesen. Die übrige Zeit habe ich in einem Schweizer Internat verbracht.« Er zog seine

Brieftasche hervor und entnahm ihr ein Foto. »Dieses Haus hat mein Vater von seiner Tante geerbt. Als sie noch lebte, haben wir dort die Ferien verbracht. Nach ihrem Tod wollte mein Vater unbedingt, dass wir ganz nach Sylt zogen. Obwohl er dafür seine Praxis in Hannover aufgeben musste. Aber er hatte Glück. Ein Sylter Kollege wollte seine Praxis aus Altersgründen verkaufen, und mein Vater konnte sie übernehmen.«

Ich betrachtete das Foto mit höflichem Interesse. Ja, das Haus kannte ich. Es lag in der Nähe von Maiks Restaurant. Von der Familie Traum hatte ich allerdings nie etwas gehört.

Alex schien freundliche Worte zu erwarten, also versicherte ich ihm, dass das Haus sehr hübsch sei und ich nicht verstehen könne, dass er das Schweizer Internat einem Inselgymnasium vorgezogen hatte.

Heute war er geneigt, das auch so zu sehen. »Aber damals fiel es mir schwer, die Freunde aufzugeben, die ich im Internat hatte.«

Dann erzählte er in aller Ausführlichkeit von jedem einzelnen dieser Freunde. Der eine war Sohn steinreicher Eltern gewesen, der Vater eines anderen war Schauspieler, die Mutter des nächsten eine berühmte Sängerin gewesen ...

An mir rauschten seine Worte vorbei, ohne dass ich sie aufnahm. Nicht nur, weil mich Alex Traums Erinnerungen nicht sonderlich interessierten, sondern vor allem, weil seine Brieftasche offen neben ihm liegen geblieben war, nachdem er das Foto zurückgesteckt hatte. Ich sah darin die obere Kante seines Personalausweises, seines Führerscheins, seiner Versichertenkarte und ... seinen Presseausweis. Ich hatte also einen Vertreter der schreibenden Zunft vor mir, einen dieser unangenehmen Journalisten, einen Paparazzo, einen Sensationsreporter, einen schmierigen Schreiberling, der sich über die Intimitäten anderer Menschen hermachte, um daran zu verdienen. Das war das Allerletzte, was ich gebrauchen konnte!

Hatte er meine Nähe gesucht, weil er mich erkannt hatte? Wollte er sich unauffällig an mich heranmachen? Mich in Sicherheit wiegen, indem er sich harmlos und einfältig gab, um dann geduldig auf seine Chance zu warten? Wenn das so war, musste ich ihn schleunigst loswerden.

Aber wie? Sein Wagen stand in der Fahrspur direkt hinter meinem, er würde also auch direkt hinter mir auf den Autozug rollen und in Westerland direkt hinter mir wieder herunter. Es würde nicht leicht sein, ihn abzuschütteln.

Zum Glück knatterte in diesem Moment der Lautsprecher los. Eine gelangweilte Stimme verkündete, dass man in Kürze mit dem Verladen der Fahrzeuge beginnen wolle. Sämtliche Fahrgäste wurden zu ihren Autos gebeten.

Ich sprang auf, raffte die beiden Brötchen vor meine Brust und schob mir in aller Eile so viel Krautsalat in den Mund, wie reinging. Mit vollen Backen und eindeutigen Gesten gab ich Alex Traum zu verstehen, dass es mich freute, ihn kennengelernt zu haben, dass sich unsere Wege nun jedoch leider trennen mussten.

»Wo steigen Sie ab?«, rief er hinter mir her. »Wir könnten uns ja mal auf ein Bier treffen.«

Mit einem kurzen Schulterzucken gab ich vor, dass seine Worte mein Ohr nicht erreicht hatten, dann war ich am Ausgang angekommen und rettete mich an die frische Nordseeluft, in der es immer eine Bö gab, die genau das mit sich reißen konnte, was man nicht bei sich haben wollte. Zum Beispiel die bedrückende Einsicht, dass Alex Traum mein Tablett entsorgen musste. Ich konnte durchs Fenster sehen, wie er unsere beiden Tabletts aufeinander stellte und darauf alles stapelte, was von unserem Imbiss übrig geblieben war. Ich hatte wohl zu lange in Restaurants mit hervorragendem Service gespeist und dabei völlig vergessen, dass man in einem Imbiss mit Selbstdienung das benutzte Geschirr eigenhändig zurückzubringen hatte.

In diesem Augenblick tat mir Alex Traum trotz meines frisch aufgebrochenen Misstrauens leid. Er hatte wahrlich nicht viel Freude an mir gehabt. Genau genommen war es sogar verdächtig, dass er so beharrlich, geradezu verbissen an meiner Gesellschaft interessiert war. Dafür gab es eigentlich nur eine Erklärung: Er war hinter mir her und hielt mit seinen finsteren Absichten noch hinter dem Berg. Er musste wissen, dass ich vor jedem Reporter die Flucht ergreifen würde. Andererseits ... wie konnte er dann so dumm sein, mich seinen Presseausweis sehen zu lassen? War er vielleicht doch nichts anderes als ein Mann, dem während längeren Wartens das Gespräch mit einer Frau gut zupass kam? Dem ich womöglich gefiel mit dieser schrecklichen Perücke und der langweiligen Kleidung, die ich sonst nie an mich heranließ? Eine schlecht sitzende billige Jeans, ein graues T-Shirt und eine dunkelblaue Kapuzenjacke, die schon mindestens hundertmal gewaschen worden war. Wie die Praktikantin wohl ohne ihre Kleidung nach Hause gekommen war?

Von der Antwort auf diese Frage wurde ich abgelenkt, weil ich einen kleinen Jungen rufen hörte: »Papa, in diesem Auto kräht ein Hahn!«

Babette! Vermutlich glühte ihre Wahlwiederholungstaste schon, weil sie endlich wissen wollte, was ich mit meiner Geheimzahl vorhatte und was der Mensch im Schilde führte, für den ich unser letztes Telefongespräch so rüde unterbrochen hatte. Und natürlich wollte sie wissen, wo ich war. Das vor allem! Aber sie würde auf meinen Rückruf warten müssen. Die Geräusche beim Verladen der Fahrzeuge konnten verräterisch sein, der Wind, der während der Überfahrt an den Autos rüttelte, ebenfalls, und das Kreischen der Möwen, die den Sylt-Shuttle verfolgten, erst recht. Nein, Babette durfte erst mit meinem Anruf rechnen, wenn ich in Sicherheit war. Und dann würde ich ihr noch immer nicht verraten, wo ich mich aufhielt. Zwar war sie meine Vertraute, aber da sie ein ganz eigenes Wertesystem hatte und ein sehr ausgefallenes Gefühl für Fairness, musste ich damit rechnen, dass aus ihrer Loyalität ein Judaskuss wurde, wenn sie glaubte, mich zu meinem Glück zwingen zu müssen. Dass sie das Glück häufig ganz anders definierte als ich, darüber würde sie keine Sekunde nachdenken.

## 2.

Berno Kaiser ging es schlecht. Das war an sich nichts Besonderes, es ging ihm seit Wochen schlecht, genau genommen, seit dem Tag, an dem er von der Frau verlassen worden war, die er noch immer die Liebe seines Lebens nannte. Und was das Schlimmste war: Sie hatte ihn verlassen, weil sie ihn für einen Verräter hielt, für einen, dem Geld wichtiger war als die Liebe, der die Karriere über alles setzte und dem beruflichen Erfolg sogar das Glück der Frau, die ihm vertraute, vor die Füße warf. An ihren Vorwürfen war nichts Wahres dran, gar nichts! Aber sie glaubte ihm nicht, denn Berno hatte nicht beweisen können, dass er unschuldig war. Und seitdem ging es ihm schlecht.

Selbstverständlich war er sofort zum Arzt gegangen, nachdem Emily mit ihm Schluss gemacht hatte. Und er ärgerte sich heute noch darüber, dass er nicht ernst genommen worden war. Liebeskummer war keine therapierbare Krankheit? Auch nicht, wenn sie mit Übelkeit, Realitätsverlust, Alkoholismus im Anfangsstadium und rasenden Kopfschmerzen einherging? Nein, der Arzt war komplett uneinsichtig gewesen. Berno hatte ihn nicht einmal dazu bewegen können, vorsichtshalber ein CT zu machen, weil Kopfschmerzen ja nicht nur eine Folge des Alkoholmissbrauchs, sondern durchaus auch ein Indiz für einen Gehirntumor sein konnten! Und dass er keinen Appetit hatte? Das sollte nur daran liegen, dass ihm sein Kummer auf den Magen geschlagen war? Okay, möglich, dass sich das von selbst wieder gab, aber musste ein verantwortungsvoller Arzt nicht auch an die Möglichkeit einer Gastritis oder gar eines Magengeschwürs denken? Doch Bernos Hausarzt war nicht zu erweichen gewesen. Außer ein paar Baldriantabletten und Vitaminpillen hatte er nichts bekommen, was ihm weiterhalf. Und das Schlimmste war, auch die beiden Fachärzte, die er daraufhin konsultierte, hatten nichts diagnostizieren können, was irgendeine Therapie lohnte.

»Sie sind kerngesund!«, hatte es geheißen. »Wenn Ihre Freundin Sie verlässt, müssen Sie entweder versuchen, sie zurückzuholen, oder sich damit abzufinden. Aber das geht ohne jede Therapie und vor allem ohne die Verabreichung von Psychopharmaka.«

Einer der beiden Fachärzte hatte sich sogar zu dem Ratschlag verstiegen, sich einfach mit einer anderen Frau von der einen abzulenken. Daraufhin hatte Berno sich geweigert, dessen Rechnung zu bezahlen. Und dass der Arzt sich unterstanden hatte, ihm heute eine Mahnung zu schicken, machte das Maß voll. Niemand verstand ihn! Nicht einmal seine Mutter! Es gab keinen Menschen, der einsah, dass es Berno wirklich schlechtging. Heute noch schlechter als sonst.

Irgendwie verstand er sogar, dass Emily ihm nicht glaubte. Alles sprach ja gegen ihn! Und wenn er auch am Anfang noch gehofft hatte, der Wahrheit auf die Spur zu kommen, damit Emily wieder darauf vertrauen konnte, dass er der anständige Kerl war, für den sie ihn bisher gehalten hatte, so hatte er mittlerweile aufgegeben, den wahren Schuldigen zu finden. Es war vorbei! Irgendjemand hatte ihn reingelegt, und er hatte keine Ahnung, wer! Hatte er Feinde? Nein, er war beliebt in der Redaktion und beliebt in seinem Bekannten- und Freundeskreis. Dennoch musste es jemanden geben, der ihm das Glück mit Emily nicht gönnte. Aber wer? Diese Frage konnte er bis heute nicht beantworten. Inzwischen war aber eine andere Frage für ihn noch wichtiger geworden: Wer hatte die Möglichkeit gehabt, an seine Dateien zu kommen, die mit einem Passwort gesichert waren? Und vor allem: Wie hatte derjenige das geschafft? Berno war ratlos.

Den vergangenen Abend hatte er in seiner Stammkneipe gesessen, wo er mittlerweile den größten Teil seiner Freizeit verbrachte, dort, wo der Wirt seine Wünsche kannte und ihm ungefragt das richtige Bier vorsetzte, in dem er seinen Weltschmerz ertränken konnte. Jeden Abend aufs Neue! Dabei wusste er an jedem nächsten Abend, dass er am Vorabend nicht weitergekommen war, dass sein Kummer noch genauso frisch und lebendig war wie zuvor. Er kam einfach nicht darüber hinweg, dass seine Liebe gescheitert war. Und dass Emily ihn für einen Egoisten, einen Betrüger, einen geldgierigen Schreiberling hielt, der sie ausgenutzt hatte, darüber kam er am allerwenigsten hinweg.

Ein freies Wochenende lag vor ihm. Dabei hasste er nichts mehr als freie Zeit, die sich unweigerlich mit den Erinnerungen an Emily anfüllen würde. An ihren Namen, ihr Lachen, ihre tiefe, warme Stimme, an die vielen Heimlichkeiten, die sie verbunden hatten, an das unbändige Vergnügen, wenn sie mal wieder allen ein Schnippchen geschlagen hatten, die ihr Geheimnis nicht kannten.

Berno sah auf die Uhr, als er das Telefon hörte. Es hatte schon häufig geklingelt, zum ersten Mal gegen acht, dann in kurzen Abständen immer wieder. Aber Berno pochte auf seinen freien Samstag. Er hatte keinen Dienst! Er wollte seine Ruhe haben!

Er fühlte sich wie gerädert, und das lag nicht nur daran, dass er erst gegen vier Uhr morgens nach Hause gekommen war. Das lag vor allem daran, dass er zu viel getrunken hatte. Er musste aufhören damit. Aber immer, wenn er in seine Kneipe kam, schien alles ein bisschen einfacher zu werden. Deswegen würde er vermutlich auch am folgenden Abend wieder vor der Theke erscheinen. Die Kneipe war genau richtig. Hier war er willkommen, er musste nie erklären, warum er traurig, wütend oder deprimiert war. Dass er reichlich konsumierte und sein Bier bezahlen konnte, sicherte ihm ein gewisses Interesse an seiner Person zu, aber darüber hinaus war alles wunderbar unverbindlich. Der Wirt kannte ihn zwar gut, aber zum Glück nicht gut genug, um zu wissen, dass sein Kummer gestern Abend besonders schwer gewogen und er deshalb besonders viele Biere gebraucht hatte, um ihn zu vergessen. Freitagsabends lief die Talkshow, die er sich gern ansah, und er hatte in der Fernsehzeitschrift gelesen, dass auch die populäre Sängerin Emily Funke eingeladen war. Er wusste, dass er es nicht ertragen würde, sie auf dem Bildschirm lachen und plaudern zu sehen, deswegen war er trotzdem in die Kneipe gegangen. Aber da er es genauso wenig ertrug, sie nicht lachen und plaudern zu sehen, hatte er vorsichtshalber den Videorecorder angestellt, ehe er aufgebrochen war.

Emily wurde häufig zu Talkshows eingeladen. Sie war beliebt, attraktiv und außerdem so schlagfertig und witzig, dass es ihr immer gelang, eine Gesprächsrunde zum Lachen zu bringen. Ein Potential, das alle Talkmaster liebten! Promis wie sie wurden mit Einladungen zu Talkshows überhäuft, und Emily musste bereits aufpassen, dass sich ihr Image nicht abnutzte.

So war es jedenfalls noch vor einigen Monaten gewesen. Dann aber hatte sie sich von Berno getrennt, und damit schien sie das Glück verlassen zu haben. Nein, Berno bildete sich nicht ein, dass er für Emilys Glück verantwortlich war, so größenwahnsinnig war er nicht. Aber Tatsache war, dass Emily Funkes Karriere, mit der es seit zwanzig Jahren steil bergauf ging, einen Knick bekommen hatte. Ihr letztes Album hatte einen schlechten Start gehabt, und die Nebenrolle in einem Kinofilm hatte ihr nicht gebracht, was sie sich erträumt hatte. Emilys Hoffnung war gewesen – aber das hatte sie natürlich niemandem außer Berno anvertraut –, dass die Schauspielerei ein zweites Standbein werden könnte, weil ja jeder wusste, wie schnell es mit einer Karriere im Showbusiness vorbei sein konnte, wenn man in die Jahre kam. Doch die Kritik war gnadenlos mit ihr umgegangen. Kein Talent, keine Ausstrahlung! Eine Sängerin, die versuchte, aus ihrem Namen Kapital zu schlagen, mehr nicht! Und das waren noch die freundlichsten Schlagzeilen gewesen! Sogar die *Close up* hatte auf den Titel gesetzt: »Tu's nie wieder, Emily!«.

Erneut klingelte das Telefon, aber Berno nahm auch diesmal nicht ab. Er schlurfte ins Bad und betrachtete sein Spiegelbild, als fragte er sich, ob es überhaupt einen Sinn hatte, sich zu waschen, zu rasieren und zu kämmen. Wenn Emily diesen Titel gesehen hatte, dann glaubte sie womöglich sogar, dass er dafür verantwortlich war. Und dann war sowieso alles egal.

Aber als wäre es möglich, dass sie in der nächsten Stunde vor seiner Tür erscheinen und ihn dafür zur Rechenschaft ziehen könnte, fasste er den Entschluss, sich wieder in den zu verwandeln, in den Emily sich verliebt hatte. Dem müden, stoppelbärtigen Mann in den ausgeleierten Boxershorts würde sie keinen zweiten Blick gönnen. Emily legte Wert auf gepflegtes Äußeres, also duschte und rasierte er sich, sie hasste spießige Kleidung, also schlüpfte er in eine verwaschene, aber gut sitzende Jeans und zog sich ein knappes T-Shirt über den Kopf, in dem seine Armmuskulatur gut zur Geltung kam. Emily hatte behauptet, manchmal sehe er aus, als habe er gerade einen Tiger erlegt, also verstrubbelte er seine Haare wieder, nachdem er sie mit dem Kamm entwirrt hatte, und suchte das Deo aus dem Badezimmerschrank, von dem die Werbung behauptete, es umgebe jeden Mann mit dem Duft eines Großwildjägers. Er wollte auf alles vorbereitet sein, obwohl er wusste, dass nichts geschehen würde. Dann kochte er sich einen Kaffee, der einen Herzkranken ins Jenseits befördert hätte, und griff zur Fernbedienung des Videorecorders. Er fühlte sich stark genug, Emily wiederzusehen ...

Plötzlich war wieder alles so wie vor zwanzig Jahren! Der Geruch, die Geräusche, das Licht! Die Kälte, direkt unter der Wärme der Sonne, das Geschrei der Möwen, das Klappern der Planken, als die Autos auf den Zug fuhren, die Helligkeit, die vom Meer herüberkam!

Ich drehte die Rückenlehne meines Sitzes tiefer, lehnte mich zurück und legte die Füße aufs Armaturenbrett. So hatte ich es nicht nur bequem, sondern mich auch gegen den Blick in den Rückspiegel verwahrt, in dem mir das Gesicht des Traummanns begegnet wäre, der nicht die Absicht zu haben schien, sich an der vorbeiziehenden Landschaft zu erfreuen. Er starrte meinen Rückspiegel an, als wollte er mich zwingen, seinen Blick zu erwidern. Schlimm genug, dass ich nicht vor ihm flüchten, dass ich meine Angst vor den Verfolgern nicht abschütteln konnte! Während meiner Rückkehr nach Sylt wollte ich jedenfalls so allein wie möglich sein.

Als der Zug sich in Bewegung setzte, geschah es dann: Die Zeit schrumpfte zusammen, aus den zwanzig Jahren wurden im Nu der Abstand zwischen den Ferien in Bayern und der Heimkehr auf die Insel oder zwischen einem Besuch bei Tante Rosi in Flensburg und der Rückkehr nach Sylt. Einmal mehr war ich sicher, dass es richtig war, nach Sylt zu fliehen statt nach Süditalien oder Australien.

Ganz allmählich nahm der Zug Fahrt auf. Vorbei ging es an lockerer Bebauung, die immer spärlicher wurde, bis nur noch einzelne Gehöfte zu sehen waren, an ausgedehnten Weiden, auf denen unzählige Kühe und Schafe dem Wind den Rücken zukehrten. Immer weiter streckten sie sich, diese Weiden, die Schafe darauf waren immer dünner gesät, und dann ... dann kam es heran. Eine Ahnung zunächst, die aber schnell zur Gewissheit wurde. Der Himmel wölbte sich so weit, wie er es nur über dem Meer tun konnte, es gab nichts Hohes mehr, nichts Gewaltigeres, das ihn zerschneiden konnte. Das Meer war da!

Meine Oma hatte noch davon erzählt, dass viele Sylter den Hindenburgdamm für etwas Unheilbringendes gehalten hatten. Durch ihn war den Fremden Tür und Tor geöffnet worden, sie konnten einfallen, wie es ihnen beliebte, und die Insel stürmen, wie sie wollten. Viele glaubten auch, dass die künstliche Barriere im Rücken der Insel die seit Jahrhunderten eingespielten Tideströme durcheinanderbringen und die Ufer gefährden würde. Aber schon meine Eltern wollten davon nichts mehr hören. Und seit die Insel vom Fremdenverkehr lebte, zweifelte niemand mehr daran, dass es richtig gewesen war, den Hindenburgdamm zu bauen. Viele kamen sogar zu der Meinung, dass er gut zu Sylt passte. Er war ja kein technisches Monster, die Fahrt mit dem Autozug glich eher einem gemütlichen Deichspaziergang. Touristen behaupteten sogar, dass sie, nachdem sie während der Fahrt auf dem Autozug durchgerüttelt worden waren, den ganzen seelischen Ballast verloren hatten und herrlich befreit auf der Insel angekommen waren. Mir war in diesem Augenblick, als könnte ich selbst auch diese Erfahrung machen.

Als der Zug das Festland hinter sich ließ und ins Watt stach, musste ich kurz die Augen schließen. Das Bild, das sich mir öffnete, war so schön, dass ich es kaum ertragen konnte. Wie hatte ich so viele Jahre darauf verzichten können?

Der Zug fuhr durch auflaufendes Wasser. Noch war das Waffelrelief der Wellen auf dem Wattboden zu erkennen, und die Spiralen, die die Wattwürmer in den Schlick gedreht hatten, waren noch deutlich zu sehen. Aber über allem lag bereits dieser silbrige Glanz, aus dem bald ein stiller See werden würde. Der Wind konnte ihn aufrauhen, aber es würde noch eine Weile dauern, bis er die Kraft für die ersten Wellen hatte.

Meine Unruhe war schlagartig wieder da, als wir die Insel erreichten. Ich hatte keinen Blick für die ersten Häuser und keine Freude an der Frage, was sich während meiner Abwesenheit verändert haben mochte und was mir so bekannt war wie eh und je. Ich nahm die Füße vom Armaturenbrett und richtete die Rückenlehne auf. Den Blick, den ich dabei in den Rückspiegel warf, hatte ich nicht beabsichtigt. Und ich ärgerte mich darüber, denn Alex Traum hatte ihn bemerkt. Prompt lachte und winkte er mir fröhlich zu. Selbstverständlich erwiderte ich weder sein Lachen noch sein Winken, sondern tat so, als hätte ich beides nicht zur Kenntnis genommen.

»Dich werde ich abschütteln! Das wäre ja gelacht!«

Ich war entschlossen, so lange in Zickzack-Linien über die Insel zu preschen, bis ich Alex Traum abgehängt hatte. Auf keinen Fall durfte er wissen, in welchem Hotel ich abstieg. Mit einem Reporter wollte ich nichts zu tun haben!

Der Zug fuhr in den Bahnhof von Westerland ein, die Bremsen quietschten, ein sanfter Ruck ging durch die Autos. Hinter allen Windschutz- und Heckscheiben entstand Unruhe. Und dann wurde der erste Motor gestartet, die lange Schlange der Fahrzeuge setzte sich in Bewegung. Träge zunächst wie ein vielgliedriger Wurm, dann aber löste sich ein Glied vom anderen, die Abstände zwischen den Autos wurden größer.

Wir schlichen durch den Hinterhof Westerlands. Auf der einen Seite ungepflegte Geleise, auf der anderen die typische ebenso ungepflegte Bebauung, die es in der Nähe jedes Bahnhofs gibt. Alex Traum hielt sich dicht hinter mir, als wir auf das Schild zufuhren, das alle Autofahrer ermahnte, sich korrekt und vor allem rechtzeitig in die richtige Fahrspur einzuordnen.

Um in den Ortskern Westerlands zu gelangen, hätte ich mich für die linke Spur entscheiden müssen. Geradeaus ging es nach List, rechts Richtung Keitum. Ich riskierte einen Blick in den Rückspiegel. Setzte Alex Traum den Blinker? Nein, das tat er nicht, aber er hielt sich rechts, als wäre

Keitum sein Ziel. Möglich aber auch, dass er sich nur deshalb für diese Fahrspur entschied, weil dort die Fahrzeugschlange, die vor der Ampel hielt, am kürzesten war und er seinen Wagen neben meinen schieben konnte. Ich hatte die mittlere Fahrspur gewählt, um notfalls blitzschnell in die linke oder rechte Spur zu wechseln, wenn es galt, Alex Traum zu entkommen.

Obwohl ich konsequent geradeaus sah, konnte ich aus den Augenwinkeln erkennen, dass er mich mit penetrantem Grinsen zu hypnotisieren versuchte. Als er dann noch anfing, alberne Handzeichen zu geben, entschloss ich mich, ihn eines letzten Blickes zu würdigen, damit er aufhörte, sich lächerlich zu machen. Mit seiner Zappelei wollte er mich anscheinend dazu auffordern, die Seitenscheibe herunterzudrehen, ihm den Namen des Hotels zuzurufen, in dem ich abzusteigen gedachte, oder am besten gleich meine Telefonnummer. Zum Glück wechselte die Ampel nun auf Grün, ich zeigte ihm mit einem Schulterzucken, dass ich kein Wort seiner Gebärdensprache verstanden hatte, legte den ersten Gang ein und fuhr sehr langsam an. So langsam, dass der Traummann eine Entscheidung treffen musste. Zügig nach rechts abbiegen, wie es sich gehörte, wenn man sich für die rechte Fahrspur entschieden hatte, oder genauso zögerlich anfahren wie ich, als sei er sich seiner Fahrtrichtung noch nicht sicher, und sich damit den Zorn aller nachfolgenden Autofahrer zuzuziehen, die auf dem schnellsten Wege in ihre Urlaubsdomizile wollten.

Tatsächlich sah es so aus, als wollte Alex Traum sich mit mir im Gleichschritt bewegen. Er verhielt sich genauso zaudernd wie ich, so dass ich mich flugs für Plan B meiner Überlegungen entschied, den Fuß von der Kupplung nahm und zehn Meter vor der Ampel den Motor abwürgte. Damit hatte

Alex Traum genauso wenig gerechnet wie mein Hintermann, und deswegen bemerkte er zu spät, dass ich zurückgeblieben war. Er war bereits in die Kreuzung eingefahren, als seine Bremslichter aufleuchteten, als es aber kein Zurück mehr für ihn gab. Er fuhr weiter, und zwar geradeaus! Und das, obwohl er sich in die rechte Spur eingeordnet hatte!

Damit war für mich alles klar! Alex Traum wollte mich verfolgen. Zähneknirschend beobachtete ich, wie er auf den Parkplatz von Aldi einbog. Dass er dort auf mich warten wollte, um mir dann weiter zu folgen, daran hatte ich überhaupt keinen Zweifel.

Wieder wechselte die Ampel auf Grün. Ich gab Gas, schoss auf die Kreuzung, riss den Wagen nach links und konnte von Glück sagen, dass der erste Fahrer auf der linken Spur ein behäbiger älterer Herr war, der gerade erst angefahren war, als ich schon in die Keitumer Landstraße einbog und der City entgegenraste. Wenn Alex Traum auch mein Manöver schnell durchschaut haben mochte, bis er mir folgen konnte, war ich längst über alle Berge.

Hinter dem Polizeirevier bog ich in die Kjeirstraße ein und fuhr auf den Parkstreifen, der sich dahinter auftat. Ich starrte in den Seitenspiegel, betrachtete jedes Auto, das in die Kjeirstraße einbog, aber es war kein grüner Golf darunter. Nach ein paar Minuten war ich sicher, dass ich Alex Traum abgehängt hatte. Langsam fuhr ich nun weiter zur Sylter Welle, dahinter lag das Hotel Roth, in dem ich ein Apartment gebucht hatte. Lieber wäre ich im Hotel Stadt Hamburg oder in der Windrose in Wenningstedt abgestiegen, aber ich hatte mich dann doch für ein unauffälliges Haus entschieden. Wenn Alex Traum der Beweis dafür war, dass man mich durchschaut hatte, dann wurde ich in den First-class-Hotels der Insel gesucht. Im Hotel Roth, das in einem der

hässlichen Betonbauten an der Kurpromenade von Westerland untergebracht war, würde mich niemand vermuten.

Es gab eine Handvoll Parkplätze direkt vor dem Hoteleingang, und einer davon wurde gerade frei, als ich vorfuhr. Ehe ich ausstieg, kontrollierte ich vorsichtshalber den Sitz meiner Perücke. Eine kluge Entscheidung! Erschrocken musste ich nämlich feststellen, dass ich aussah, als hätte ich mich im Zustand der Volltrunkenheit als Marilyn Monroe verkleiden wollen. Der Mittelscheitel war von der Kopfmitte in Richtung des rechten Ohrs gerutscht, der Pony sah aus, als wäre einem Friseur während der Arbeit die Schere aus der Hand gefallen. Zwar konnte ich weiterhin hoffen, in dieser Aufmachung nicht erkannt zu werden, aber andererseits wollte ich natürlich nicht für Aufsehen sorgen und vor allem als Hotelgast ernst genommen werden. Also schob ich die Perücke an den Platz zurück, an den sie gehörte, und hoffte, dass niemand ihr einen zweiten Blick schenkte.

Während ich auf den Hoteleingang zuschritt, sah ich an mir herab. Ein Portier mit Berufserfahrung würde sich seine Gedanken machen, wenn er mich zu Gesicht bekam. Meine billige Kleidung und meine Gucci-Handtasche passten weiß Gott nicht zusammen, und dass mein ganzes Gepäck aus einer großen Plastiktüte von Tiffany/New York bestand, würde ihm auch zu denken geben. Ich durfte ihm nicht einmal verübeln, wenn er auf Vorauszahlung bestehen würde.

## 3.

Schon als die Talkrunde vorgestellt wurde, beschlich Berno Sorge. Ob Emily, als sie ihre Zustimmung gegeben hatte, wusste, dass auch Konrad Kipp zu den Talkgästen gehören würde? Oft genug stand am Morgen einer Life-Sendung noch nicht fest, wer ins Studio gebeten wurde, ob es Absagen und neue Einladungen gegeben hatte oder aktuelle Ereignisse, die es erforderlich machten, umzudisponieren, einen Talkgast wieder auszuladen und einen anderen in die Runde zu bitten. Berno konnte sich nicht vorstellen, dass Emily bereit gewesen war, sich mit Konrad Kipp an einen Tisch zu setzen. Er kannte ihre Abneigung gegen den Musikproduzenten. Andererseits konnte sie es sich zurzeit nicht leisten, auf Fernsehpräsenz zu verzichten, nur weil ein bekannter Musikproduzent diese Gelegenheit ebenfalls nutzte. Sie würde die Zähne zusammenbeißen und ihrem Publikum weismachen müssen, dass sie zwar auf dem Gipfel ihres Erfolgs ausgerutscht und ins Straucheln geraten, aber längst wieder auf dem Weg nach oben war. Verlierer wurden nicht in eine Talkshow gebeten!

Wieder klingelte das Telefon. Entweder war seine Mutter am anderen Ende, die sich erkundigen wollte, ob er noch bei guter Gesundheit war und nach dem Aufwachen daran gedacht hatte, etwas in den Magen zu bekommen, oder aber sein Chefredakteur hatte erfahren, dass Udo Jürgens frisch verliebt war oder Günther Jauch sich scheiden lassen wollte. Beide, Bernos Mutter und sein Chefredakteur, gehörten zu denen, die sich nicht abschütteln ließen.

Also gut! Wenn er sich die Video-Aufzeichnung der Talkshow angesehen hatte, würde er den Hörer abnehmen und sich entweder geduldig anhören, wie sehr sich seine Mutter um ihn sorgte, oder aber seine Kamera einpacken und losfahren, um Jürgens oder Jauch aufzutreiben und zu fotografieren. Vorher nicht!

Wie süß Emily aussah! Dieses kindliche, runde Gesicht mit den großen grauen Augen! Dazu der freche, raspelkurze

Haarschnitt mit den roten Spitzen! Kaum zu glauben, dass sie schon beinahe vierzig war! Gekleidet war sie wieder so, wie es viele Teenies vergeblich zu kopieren versuchten: mit einem Mix aus verschiedenen Stilrichtungen, die nur, wenn Emily Funke sie trug, hervorragend zusammenpassten.

Sie machte alles richtig! Lächelnd behauptete sie, dass von einem Flop ihres letzten Albums keine Rede sein könne, dass es lediglich ein paar Startschwierigkeiten gäbe. Aber dafür sei sie regelrecht dankbar, denn Menschen, die so lange wie sie von Anerkennung verwöhnt seien, brauchten gelegentlich die Erfahrung, dass das Leben mehr zu bieten hatte als den sicheren und schnellen Erfolg.

Gut gemacht, Emily! Sehr professionell! Einen Moment freute Berno sich wieder so, als könnte er gleich ans Telefon gehen, Emily in ihrem Hotel anrufen und ihr sagen, dass sie auf dem Bildschirm eine verdammt gute Figur gemacht hatte!

Der Moderator, ein ehemaliger Tagesschausprecher, der ins Unterhaltungsfach gewechselt hatte, schien Emily jedes Wort zu glauben, und auch das Publikum im Hintergrund zeigte lächelnde Gesichter.

Nur Konrad Kipp zog verächtlich die Mundwinkel herab. »Kein Mensch braucht einen Misserfolg«, sagte er. »Aber es ist sehr tapfer, Emily, dass Sie sich nicht unterkriegen lassen. Zu fallen ist keine Schande! Man darf nur nicht liegen bleiben.«

Berno sah, wie Emily im schnellen Rhythmus das linke Bein über das rechte schlug und dann das rechte über das linke. Ein untrügliches Zeichen dafür, dass sie nervös und reizbar war!

Genüsslich führte Konrad Kipp aus, dass die Künstler, die von ihm produziert wurden, einer wie der andere auf der

Welle des Erfolgs schwammen, dass er aus begabten kleinen Sängerinnen Weltstars gemacht hatte, indem er ihnen ihre Songs auf den Leib schrieb und höchstpersönlich für ein gelungenes Marketing sorgte. »Ich würde niemals einer Sängerin zumuten, einen Film zu drehen, nur um im Gespräch zu bleiben.« Nun brachte er sogar ein väterliches Lächeln hervor, das ihm nicht stand, und ließ durchblicken, dass Emily jederzeit auf sein Mitgefühl zählen könne. »Eine solche Karriere! Und dann ein drittklassiger Film! Nein, das haben Sie nicht verdient!«

Deprimiert schüttelte er den Kopf und betrachtete Emily, als hätte sie eine ansteckende Krankheit. Dass sie vor Wut kochte, konnte ihm nicht entgehen. O nein, er genoss es sogar! Und das zeigte Berno, dass er Emily nicht besonders gut kannte. Trotz der Erfahrung, die er mit ihr gemacht hatte!

Weit holte Kipp aus und schilderte ausführlich seinen eigenen Erfolg, den er immer wieder in kleinen Spitzen mit Emilys verglich, wobei er jedes Mal, wenn ihr Name fiel, ein Gesicht aufsetzte, als sei das Ende ihrer Karriere nicht mehr aufzuhalten. Fehlte nur noch, dachte Berno, dass er tröstend Emilys Hand nimmt! Dann würde er sich eine Ohrfeige einhandeln, soviel war sicher.

Was für eine bösartige Strategie! Wenn Emily nichts tat, würde morgen in allen Zeitungen zu lesen sein, dass die erfolgverwöhnte Emily Funke am Ende sei. Wäre Berno nicht so aufgebracht gewesen, hätte er Konrad Kipp sogar bewundert. Ja, so leicht konnte man eine Karriere kaputtmachen! Kaputtreden! So leicht war einem großen Publikum zu suggerieren, dass es aufs falsche Pferd setzte, wenn es weiterhin die Platten Emily Funkes kaufte. Danach würden die Plattenverkäufe einbrechen, so viel war sicher. Der Prophet hatte etwas vorausgesehen, was sich nur dadurch erfüllte! Berno griff sich an den Kopf. War das Konrad Kipps Rache dafür, dass Emily ihm vor Jahren nicht auf den Leim gegangen war?

»Danke für Ihr Mitgefühl«, sagte sie gerade mühsam beherrscht. »Aber Sie verstehen anscheinend nicht, dass es mir Spaß gemacht hat, in einem Kinofilm mitzuwirken. Ich halte es für einen Fehler, einen Erfolg nur nach dem finanziellen Gewinn zu beurteilen. Es gibt persönliche Erfolge, die keinen Cent bringen und trotzdem wichtig sind. Für einen selbst!«

Nicht schlecht, Emily! Doch ob das reichen wird? Das war eine Verteidigungsrede. In der Defensive jedoch geht es dem Erfolg wie der Blume im Schatten: Sie kommt nicht zur Prachtentfaltung. Konrad Kipp war es, der im Licht saß, sich sonnte und ungehindert seine Pracht entfaltete. Lächelnd sah er über Emilys Verärgerung hinweg und machte mit seinem Spiel weiter, indem er dem Publikum suggerierte, dass Emily Funke längst weg vom Fenster war. Ihre Gesangskarriere zu Ende, ihre Schauspielkarriere ein totgeborenes Kind, die Einladung in diese Talkshow ein mildtätiger Akt und ihre Bemühungen der verzweifelte Kampf einer Frau, die um ihre Popularität ringt! Was für eine Schurkerei! In der Branche war Kipp dafür bekannt, dass er nicht verlieren konnte und eine Zurückweisung niemals vergaß. So deutlich war er jedoch noch nie geworden.

»Wenn Sie einen neuen Produzenten brauchen, rufen Sie mich an!«, fuhr er lachend fort, als hätte er einen guten Witz gemacht. »Wenn ich mich nicht irre, habe ich schon früh erkannt, welches Potential in Ihnen steckt.«

»Wenn ich mich nicht irre«, gab Emily mit klirrender Stimme zurück, »gefielen mir damals Ihre Bedingungen nicht.«

Ihre Beine blieben nun ganz ruhig, sie stellte sie nebeneinander und legte ihre flachen Hände auf die Oberschenkel. Nur Berno, der sie kannte wie kein anderer, sah, wie angriffslustig sie war.

Erschrocken fuhr er sich durch die Haare. Emily! Bist du verrückt geworden? Das kannst du nicht machen!

Aber Emily konnte! Wie oft hatte sie früher zu Berno gesagt: »Dem werde ich noch mal kräftig in die Suppe spucken!« Und wie oft hatte sie gedroht: »Irgendwann erzähle ich aller Welt von seiner Besetzungscouch!« Und jedes Mal hatte sie geendet mit der finsteren Prophezeiung: »Wenn es hart auf hart kommt, würde ich nicht mal davor zurückschrecken, den Namen seiner Geliebten auszusprechen.« Emily sah nun genauso aus, als wäre es für sie hart auf hart gekommen.

Als Bernos Telefon erneut klingelte, zog er nicht einmal in Erwägung, das Gespräch anzunehmen. Gebannt starrte er auf den Bildschirm, ließ den Blick nicht von Emilys entschlossenem Gesicht, das nun in der Totalen zu sehen war. Der Kameramann hatte sie sofort herangezoomt, obwohl das Gesicht Konrad Kipps für den Fernsehzuschauer sicherlich auch von großem Unterhaltungswert gewesen wäre. Und dann, mit einem Mal, wusste Berno genau, wer ihn seit einer guten Stunde anzurufen versuchte. Kaum hatte er die Video-Aufzeichnung zu Ende angesehen, nahm er das Telefon und wählte die Nummer seiner Redaktion ...

Was war ich erleichtert, dass ich das Meer sehen konnte! Wenn ich auf den Balkon hinaustrat und mich nach rechts wandte, konnte ich sogar ein gutes Stück den Strand hinaufsehen, bis sich einer der hässlichen Betonriesen ins Bild schob. Aber das war zu verschmerzen. Es blieb genug übrig, genug Meer, genug Himmel und auch genug Strand.

Der Gebäudeteil des Hotels mit dem Speisesaal und dem Frühstückszimmer war zum Glück niedrig. Der Architekt war gnädig gewesen und hatte den Gästen die schöne Aussicht erhalten. Wie gut, dass mein Apartment eine eigene Küche besaß und ich nicht gezwungen sein würde, mich zum Essen in die Gesellschaft fremder Menschen zu begeben! Womöglich würde mir dort jemand über den Weg laufen, der nach mir suchte! Nachdem mir Alex Traum begegnet war, konnte ich nicht mehr darauf vertrauen, dass ich auf Sylt wirklich sicher war.

Der Wind hatte aufgefrischt, das Meer war unruhig, aufgeraut, mit vielen Gischtwölkchen und ohne die Dünung, die massig und in schwerem Rhythmus auf den Strand rollte. Voller kleiner Wellen war es heute, die aufs Ufer zuhüpften. Fahnen knatterten im Wind, Stimmen flogen mit ihm zur zweiten Etage des Hotels hinauf, aber bevor sie zu verstehen waren, wurden sie schon wieder zu Boden gerissen. Dann war es nur noch der Wind, der rief und schrie und pfiff.

Unter mir, am Strandübergang, wo die Gästekarten kontrolliert wurden, fuhr er unter den Rock einer alten Dame, deren Schrei bis hier oben zu hören war, als sie versuchte, den Blick auf ihr Miederhöschen zu vereiteln. Aber an den grinsenden Gesichtern ringsum war zu erkennen, dass es ihr nicht gelungen war.

Einem kleinen Mädchen glitt der Ball aus den Händen und wurde auf die Kurpromenade getrieben, noch ehe der Vater die Gästekarte hervorgeholt hatte. Er rannte dem Ball hinterher, der sich Richtung Wenningstedt davonmachen wollte, während das weinende Kind neben der Strandtasche zurückblieb. Zum Glück stellte sich ein aufmerksamer Kurgast dem Ball in den Weg, so dass ich kurz darauf beruhigt zusehen konnte, wie das kleine Mädchen sich die Tränen abwischte und davon überzeugen ließ, dass der Ball in den Händen des Vaters besser aufgehoben war.

Es war schön, von hier oben dem Treiben auf der Kurpromenade und am Strand zuzusehen, aber ich merkte doch, dass mir das nicht lange genügen würde. Ich wollte nicht Zaungast auf der Insel sein, auf der ich aufgewachsen war, sondern wieder dazugehören. Mich unter die Sylter mischen! Außerdem musste ich mir Wäsche, Kleidung und Toilettenartikel beschaffen. Es hatte also keinen Sinn, darüber zu grübeln, wie groß das Risiko war, wenn ich mich unter Menschen traute, es musste einfach sein. Ich konnte mich hier nicht unsichtbar machen. Nur verbergen, so gut es ging. Mich unauffällig verhalten! Aber natürlich wollte ich meine Insel begrüßen. Nachdem ich sie verlassen und geschworen hatte, nie wieder zurückzukommen, musste ich ihr nun erklären, warum ich meine Meinung geändert hatte. Das würde ich am besten am Grab meiner Eltern tun können. Der Wunsch, zum Keitumer Friedhof zu fahren, wurde plötzlich mächtig und drängend. Erst danach würde ich es vielleicht auch wagen, zu dem Restaurant zu gehen, das Maik nun wohl ganz allein gehören würde. Maik Wanner! Ob ich es wagen konnte, mich ihm in meiner Verkleidung zu nähern?

Ich fühlte mich sicherer, seit der Portier mir ohne überflüssige Fragen oder anzügliche Blicke den Zimmerschlüssel ausgehändigt hatte. So ein Hotelmitarbeiter sah und hörte viel, es war anzunehmen, dass er in den letzten vierundzwanzig Stunden meinen Namen gehört und mein Bild irgendwo gesehen hatte. Dennoch hatte er mir gleichmütig ins Gesicht geblickt, und in seiner Miene war nichts als professionelle Freundlichkeit gewesen. Keine Neugier, kein Misstrauen. Sogar meine Erklärung, warum ich mit verdächtig kleinem

Gepäck reiste, hatte er mir abgenommen. Sein Bedauern darüber, dass mir mein Koffer gestohlen worden war, hatte ehrlich geklungen, und sein Angebot, sich um die Diebstahlanzeige zu kümmern, ebenfalls. Aber ich hatte ihm versichert, dass alles bereits in die Wege geleitet sei und ich den Rest gut und gern allein erledigen könne. Wenn ich mich in der Lobby so wenig wie möglich sehen ließ, würde man an der Rezeption nicht an den Hotelgast Elisabeth Maart denken, wenn jemand die Nachrichten hörte. Dass der Name, den ich beim Einchecken genannt hatte, auf einem Grabstein unter der St.-Severin-Kirche von Keitum stand, würde niemandem auffallen. Meine Mutter war ja schon lange tot ...

Der Chefredakteur der *Close up* gehörte nicht zu den Sympathieträgern in der Presselandschaft. Er war dick und ungepflegt, selten freundlich und lächelte nie. Niemand mochte ihn, aber alle achteten ihn. Auch Berno schätzte seine journalistischen Fähigkeiten hoch ein, traute Piet Röder darüber hinaus aber jede Schlechtigkeit zu. Niemals würde er ihn in ein Geheimnis einweihen und nie seinem Wort vertrauen. Manchmal dachte er sogar darüber nach, ob es Piet Röder war, dem er sein Unglück zu verdanken hatte. Aber das war natürlich Unsinn. Der Chefredakteur hatte genauso wenig wie alle anderen Kollegen sein Passwort und Zugriff auf seine Festplatte bekommen können.

Berno hatte ihn ganz offen gefragt: »Wie sind Sie an die Fotos gekommen?«

»Warum interessiert Sie das?«

Berno hatte Röder nur schweigend angesehen. So lange, bis der sich abgewandt hatte. »Die Fotos und sämtliche Informationen sind mir per E-Mail geschickt worden. Von einem Informanten.«

»Was ist das für ein Informant?«

»Ein treuer Leser, der uns einen Gefallen tun wollte!«

»Kann man dem vertrauen? Was, wenn die Informationen gefälscht sind! Wenn die Fotos jemandem gehören, der auf sein Urheberrecht pocht!«

»Was spielt das für eine Rolle? Wir haben private Fotos von der Funke, die sonst keiner hat! Die Auflage ist weggegangen wie warme Semmeln. Welches Blatt sonst liefert seinen Lesern gleich die Urlaubsadresse eines Stars mit?« Röder hatte ihn mit einem Grinsen angesehen, das Berno nicht gefiel. »Warum interessiert Sie das eigentlich, Kaiser?« Dann hatte sich sein Gesicht in die Breite gezogen, sodass man beinahe von einem Lächeln reden konnte. »Ach ja, Sie kennen Emily Funke ja besser als alle anderen!«

Berno hatte kein zweites Mal gefragt, wie die Fotos, die er selbst von Emily gemacht hatte, in die Zeitung gekommen waren und woher Piet Röder wusste, dass Emily die Absicht gehabt hatte, Urlaub in Thailand zu machen.

Berno lauschte auf das Freizeichen, dann prallte die Stimme des Chefredakteurs an sein Ohr. »Endlich! Ich habe schon hundertmal versucht, Sie zu erreichen!«

Berno lächelte leicht. »Ich habe frei heute.«

»Es gibt was Wichtigeres als Ihren freien Tag!« Piet Röder holte tief Luft. »Emily Funke!« Eine winzige Stille trat ein, dann fuhr der Chefredakteur fort: »Sie ahnen nicht, was gestern in der Talkshow passiert ist.«

Berno schwieg. Mit Röder war viel besser umzugehen, wenn man ihm die Chance ließ, eine Sensation zu verkünden. Er liebte es, wenn ihm Verblüffung entgegenschlug und er den Informationsvorsprung genießen durfte. Also gab Berno sich ahnungslos, weil er wusste, dass er seinen Chefredakteur dann um den Finger wickeln konnte. Er hatte das dumme Gefühl, dass es nötig sein könnte.

»Kennen Sie diesen widerlichen Musikproduzenten? Diesen ...«

»Konrad Kipp?«

»Genau den! Der hat damals die Funke, als sie ihren ersten Hit hatte, unter Vertrag nehmen wollen. Aber er hat sie nicht gekriegt, sie hat mit einer anderen Plattenfirma abgeschlossen. Seitdem sind die beiden sich spinnefeind. Aber ... wem erzähle ich das?« Röder schwieg einen Moment, als wartete er auf eine Bestätigung von Berno. Immer, wenn von Emily Funke die Rede war, machte Piet Röder diese kurzen Pausen. Er hatte einmal ein Telefonat zwischen Berno und Emily belauscht und durchschaut, dass sich zwischen seinem Fotografen und der berühmten Sängerin etwas abspielte, von dem er gerne mehr erfahren hätte. Es war mühsam gewesen, Röder diese Idee auszureden, und bis heute glaubte Berno nicht, dass es ihm gelungen war. Aber zugeben? Das hätte er niemals getan! Nicht einmal jetzt, nachdem seine Liebe zu Emily zerbrochen war. Piet Röder war durch und durch Journalist. Der hätte nicht eher Ruhe gegeben, bis er aus Berno ein paar pikante Details herausgefragt hätte. Das Versprechen, keiner Seele etwas zu verraten, hätte er leichten Herzens gegeben und genauso leichten Herzens gebrochen. Wer Röder etwas anvertraute, musste sich am nächsten Morgen damit abfinden, dass die ganze Nation davon wusste.

Also hatte Berno eisern alles abgestritten, war aber nie den Verdacht losgeworden, dass sein Chefredakteur ihn bespitzelte, damit er demnächst aus sicherer Quelle und erster Hand etwas über Emily Funke erfuhr, was sonst niemand wusste und keine andere Zeitung im Blatt hatte.

Allerdings ... nachdem die *Close up* lang und breit berichtet hatte, dass Emily Funke ihren nächsten Urlaub in Thailand verbringen würde und sogar mit dem Namen des Urlaubsortes und des Hotels aufwarten konnte, war Röder die Diskretion in Person gewesen, hatte dichtgehalten und den Namen seines Informanten nicht verraten. Er deckte jemanden, davon war Berno überzeugt. Jemanden, der es irgendwie geschafft hatte, seinen Computer zu knacken und seine privaten Dateien und Fotos zu kopieren.

»Die Funke ist eine couragierte Person«, fuhr Röder in diesem Augenblick fort. »Alle Achtung! Und Kipp ist ein selbstherrlicher Idiot! Der hat anscheinend wirklich geglaubt, dass niemand es wagt, ihm ans Bein zu pinkeln. Macht der die Funke an! Kotzt sich über ihre Plattenfirma aus! Und dann macht er sich noch ganz offen über den Film lustig, in dem sie mitgespielt hat. Aber das hat die Funke sich nicht bieten lassen. Die hat zurückgeschlagen!«

»Tatsächlich?«, fragte Berno in die Pause hinein, die sich abermals auftat.

»Sie hat verraten, dass eine Sängerin bei Kipp nur eine Chance auf einen Plattenvertrag hat, wenn sie sich auf die Besetzungscouch legt. Ist das ein Hammer?«

Berno brachte es nicht fertig, einfach Ja zu sagen. »Sie wird es beweisen müssen«, antwortete er stattdessen. »Diejenigen, die die Couch näher kennen, werden es nicht zugeben. Und Kipp hat sicherlich gute Anwälte!«

»Klar! Aber das ist ja noch nicht alles! Sie hat den Kipp wirklich voll ins Messer laufen lassen! Der macht Emily Funke nicht noch einmal vor laufender Kamera an! Der nicht!«

Berno beschloss, seine Rolle beizubehalten, und gab sich weiterhin ahnungslos. »Was ist denn noch passiert?«

»Das erfahren Sie, wenn Sie in der Redaktion sind.«

»Aber ...«

»Erzählen Sie mir nichts von Ihrem freien Tag, Kaiser!«

»Also, gut.«

»Und bringen Sie einen gepackten Koffer mit!«

»Ich soll verreisen? Wohin?«

»Das werden Sie mir gleich erzählen!«

Mit diesen rätselhaften Worten beendete Piet Röder das Telefongespräch. Natürlich ohne Abschiedsgruß. Die Zeit für solche Banalitäten nahm er sich nie.

## 4.

Mir wurde klar, dass ich mit der Wahl des Hotels einen guten Griff getan hatte. Es hatte einen großen Vorteil: Um in mein Apartment zu gelangen, musste ich nicht durch die Lobby gehen. Das Gebäude wurde nämlich von einer Passage durchschnitten und dadurch im Erdgeschossbereich halbiert. Als ich die Rezeption mit dem Apartmentschlüssel in der Hand verlassen hatte, musste ich in diese Passage treten und auf ihrer anderen Seite in ein Treppenhaus gehen, das zu den Zimmern und Apartments führte. So konnte ich jetzt das Hotel durch diesen Gang verlassen, ohne die Lobby durchqueren zu müssen. Wenn ich mich auch ein wenig sicherer fühlte, die Angst vor Entdeckung hatte mich noch längst nicht verlassen. Ich war dankbar für alles, was mir Schutz versprach. Wer konnte schon sagen, wo Alex Traum nach mir suchte?

Natürlich führte mich mein erster Weg zum Strand. Eine Gästekarte hatte ich beim Einchecken erhalten, die Kurtaxe war im Apartmentpreis enthalten. Wie angenehm! So brauchte ich niemandem meinen Personalausweis vorzulegen, um an eine Gästekarte zu kommen. Ich konnte dem Strandwärter eine zeigen, die auf den Namen Elisabeth Maart ausgestellt war, und durfte die Kurpromenade betreten.

Durfte? Ich brauchte lange, um meinen Ärger zu überwinden. So lange, bis ich die Holztreppe hinabgestiegen war, die von der Kurpromenade zum Sandstrand führte. Sylt war meine Insel! Ich war hier geboren und aufgewachsen! Wie kam ein Strandwärter dazu, mich mit einer herablassenden Handbewegung an den Strand zu winken?

Aber diese Frage wurde von dem Wind mitgenommen, der vom Meer herüberkam. Bereitwillig ließ ich sie los und davonfliegen, weil ich wusste, dass sie anmaßend war. Was bildete ich mir ein? Wer fast zwanzig Jahre seiner Heimat den Rücken zugekehrt hatte, durfte jetzt nicht mit Ansprüchen kommen!

Als ich die Wasserkante erreicht hatte, zog ich meine Schuhe aus, krempelte die Hosenbeine hoch und wartete darauf, dass eine Welle über meine Füße schwappte. Kalt war das Wasser, eiskalt, obwohl der Sommer längst begonnen hatte, die Sonne schien und die Luft warm war. Die zweite Welle jedoch war schon weniger kalt, und vor der dritten zuckte ich nicht mehr zurück. So war es auch gewesen, als ich noch ein Kind war. Eine kleine, aber süße Erinnerung!

Mir war längst klar geworden, dass es nicht mehr viel geben würde, was noch so war wie vor zwanzig Jahren. Es sei denn ... ich suchte danach. Darauf warten, dass sich mir etwas präsentierte, dass mich etwas aufhielt oder mir nachlief, konnte ich nicht erwarten. Nicht nach so langer Zeit!

Ich stieß eine Welle mit den Fußspitzen zurück. Was waren das für dumme Gedanken!? Ich war nicht nach Sylt gekommen, um in Erinnerungen zu baden! Ich war auf der

Flucht! Und Sylt hatte ich nur deshalb als Zufluchtsort gewählt, weil ich glaubte, dass mich hier niemand suchte. Aus keinem anderen Grunde!

Ich wandte mich vom Meer ab, da geschah es. Der Wind griff unter eine meiner künstlichen Locken, und ehe ich nach der Perücke greifen konnte, fühlte ich, wie sie sich anhob, wie meine Stirn freigelegt wurde, meine Ohren den mittlerweile vertrauten Schutz verloren und sich dann das Gewicht von mir löste, das mir zwar nicht angenehm, aber in diesem Augenblick doch sehr wichtig war. Es schien, als flatterte meine Perücke einen Augenblick über meinem Kopf, denn zwei, drei Haare verfingen sich zwischen meinen Lippen, dann hatte ich zugegriffen. Leider bekam ich jedoch nur fünf oder sechs lange Haare zu fassen, die sich prompt aus der Perücke lösten. Der Rest machte sich in kühnen Sprüngen Richtung Rantum davon. Die Perücke kreiselte über den Sand, wirbelte ihn auf, während sie weiterflog, näherte sich erschreckend schnell der Wasserkante, stippte in eine auslaufende Welle, was sie zum Glück so schwer machte, dass der Wind nicht mehr mit ihr umgehen konnte, wie er wollte. Sie ließ sich schließlich in der Nähe eines etwa zehnjährigen Jungen nieder, der damit beschäftigt war, die Wellen in einen Kanal zu führen, den er eigens dafür ausschachtete.

Verwundert nahm er meine Perücke auf und schien sich zu fragen, ob sie zur Waschbürste taugen könnte, für den Fall, dass er sich entschloss, am Ende des Kanals eine Waschanlage für seine zahlreichen Matchbox-Autos zu errichten.

Ich hätte ihm meine blonden Locken am liebsten aus der Hand gerissen, wollte mir aber vorsichtshalber seine Sympathie nicht verscherzen und bat ihn freundlich, allerdings mit Nachdruck: »Gib mir bitte sofort meine Haare zurück!«

Er starrte mich an, betrachtete mit großen Augen, was die Natur meinem Kopf gegeben und was ein tollkühner Friseur daraus gemacht hatte. Dann schien er einzusehen, dass er mir meine Perücke nicht vorenthalten durfte.

»Schämst du dich, mit solchen Haaren rumzulaufen?«, fragte er und fügte dann aufmunternd hinzu: »Ginge mir auch so!«

Ich nickte verschwörerisch, fühlte mich verstanden, obwohl der Junge nicht gerade ins Schwarze getroffen hatte, und stülpte mir die Perücke wieder auf. Sand rieselte auf meine linke Schulter, von der rechten wischte ich ein paar Wassertropfen. Dann schüttelte ich meine blonden Locken, während ich gleichzeitig den Scheitel eisern auf die Kopfhaut drückte, und sah den Jungen bittend an. »Schau mich an! Ist so alles wieder okay?«

Er betrachtete mich eingehend, dann nickte er. »Geht so.«

Besonders aufmunternd fand ich seine Antwort nicht. Aber ich würde meine Frisurprobleme nicht lösen, indem ich sie mit einem Zehnjährigen diskutierte. Also schwieg ich und sah mich vorsichtshalber um. Viel wichtiger war, ob jemand diesen Zwischenfall beobachtet hatte und mich jetzt mit offenem Mund anstarrte oder sogar Anstalten machte, mich anzusprechen.

Aber tatsächlich sah es so aus, als hätte niemand auf mich geachtet. In meiner Nähe wurden Badelaken ausgeschlagen, Bikinis zum Trocknen aufgehängt, Butterbrote herausgeholt und Kleinkinder daran gehindert, den Kuchen, den sie mit ihren Förmchen gebacken hatten, aufzuessen. Niemand hatte einen Blick für mich. Wer nicht beschäftigt war, sah aufs Meer hinaus, in den Himmel oder den Möwen nach.

Trotzdem zog ich vorsichtshalber den Pony etwas tiefer ins Gesicht und blickte unverwandt auf meine Füße, als ich den

Strand verließ. Auf der Kurpromenade konnte ich aufatmen. Niemand hatte sich mir in den Weg gestellt, keiner sah mir nach, kein einziger zückte sein Handy oder packte eilig seine Sachen zusammen. Anscheinend war ich noch einmal davongekommen. Doch so etwas durfte nie wieder passieren! Ich musste mir unbedingt ein Tuch kaufen, das ich über meine Perücke binden konnte. Sämtliche Damen im Rentenalter trugen so etwas, um ihre Dauerwellen vor dem Wind und ihre Haartönungen vor der Sonne zu schützen, also würde es nicht weiter auffallen, wenn ich auf eben solche Weise meine Perücke auf dem Kopf festzurrte.

Auf der Friedrichstraße hob ich den Kopf und sah dem einen oder anderen Passanten sogar ins Gesicht. Keine Reaktion! Mit jedem Schritt wuchs die Sicherheit in mir. Anscheinend war meine Verkleidung gar nicht so schlecht. Plötzlich spürte ich, wie ich mich aufrichtete und meine Schritte größer wurden. Ich hätte mich schon eher unter einer blonden Perücke verstecken sollen! Die Welt war viel leichter zu beschummeln, als ich gedacht hatte.

Meine Laune verbesserte sich von Schritt zu Schritt. Dass in meiner Tasche mal wieder ein Hahn zu krähen begann, störte mich nur am Rande. Babette würde sich noch ein Weilchen gedulden müssen.

Am Ende der Friedrichstraße stieß ich auf eine Parfümerie, die mir unbekannt war. Möglich, dass ein Haus dieser Kette noch nicht auf Sylt etabliert war, als ich anfing, mich mit dekorativer Kosmetik zu beschäftigen. Möglich aber auch, dass das Ambiente, das viel über das Preisniveau des Angebots verriet, mich abgeschreckt hatte, so dass dieses Geschäft nicht die Chance erhielt, sich mir einzuprägen. Wenn das so war, dann hatte ich recht daran getan, dieses Haus zu meiden. Teenager wurden hier vermutlich noch herablassender behandelt als eine Frau in billigen Jeans und verwaschener Kapuzenjacke.

Die Dame, die auf mich zutrat, erkannte jedenfalls mit einem Blick, dass mit mir kein Geschäft zu machen, dass ich wohl nur versehentlich in ihren Laden geraten war. Ich strahlte sie dankbar an. Dafür, dass es in ihren kunstvoll bemalten Augen keinen Funken des Erkennens gab, durfte sie alles mit mir machen, was mich als Siebzehnjährige schwer gekränkt hätte.

Als ich nach einer kosmetischen Grundausstattung fragte, also nach Tages-, Nacht- und Augencreme, nach Reinigungsmilch und Gesichtswasser, Augen-Make-up-Entferner, Bodylotion, Deo und Fußcreme, wies sie mich zögernd darauf hin, dass sie mir das alles nur im gehobenen Preissegment anbieten könne. Selbst, als ich mich einverstanden erklärte, behielt sie ihre zögerliche Haltung bei. Mit spitzen Fingern legte sie mir jeden gewünschten Artikel vor, aber auch immer erst, nachdem sie die preiswerteste Variante herausgesucht hatte. Jedes Mal, wenn sie den Preis nannte, obwohl ich nicht danach gefragt hatte, fügte sie mit einem entschuldigenden Lächeln an, dass das Produkt entweder sehr ergiebig sei oder aber außerordentlich wirksam. Als ich außerdem nach flüssigem Make-up, Terracotta-Puder, apricotfarbenem Rouge, Lipgloss, Lidschatten, Eyeliner und Wimperntusche fragte, erwähnte sie, dass es durchaus möglich sei, zunächst eine Zwischensumme zu errechnen. Ich lehnte jedoch ab, und da ich mit großer Sicherheit meine Wünsche vorbrachte und zu erkennen gab, dass ich mit sämtlichen Produkten bereits Erfahrungen hatte, wuchs ihr Vertrauen in meine Zahlungsfähigkeit allmählich. Vielleicht hatte sich ihr mittlerweile sogar der Verdacht aufgedrängt, dass meine Gucci-Tasche kein Plagiat war. So waren die vielen Proben, die sie am Schluss meines Einkaufs in eine exklusive kleine Tüte packte, wohl auch kein Akt der Mildtätigkeit, sondern der Bonus für eine besonders gute Kundin.

»Sie zahlen mit Kreditkarte?«, fragte sie, während sie mich zur Kasse begleitete.

Kreditkarte! Schlagartig wurde ich mir wieder meiner besonderen Lage bewusst. »Die habe ich zu Hause vergessen.«

»Macht nichts! Die EC-Karte tut's auch.«

»Die habe ich auch vergessen.«

»Dann zahlen Sie also bar?«

Mit dem Inhalt meines Portemonnaies war ich schon an der Einfahrt zur Verladerampe in Niebüll gescheitert. Das bisschen Kleingeld, das ich bei mir hatte, reichte höchstens für einen Cappuccino bei Leysieffer, vielleicht noch für eine Zimtwaffel, aber für mehr nicht.

Schon bewegte ich mich in Richtung Tür. »Ich besorge schnell Bargeld. Die Sparkasse ist ja gleich um die Ecke. Bin sofort wieder da!«

»Aber für den Geldautomaten brauchen Sie auch eine EC-Karte!«, rief die Verkäuferin hinter mir her. Und damit hatte sie zweifellos recht.

Da ich keine einleuchtende Antwort parat hatte, überhörte ich den Einwand und hastete auf die Friedrichstraße zurück. Möglich, dass es aus der Perspektive der Verkäuferin wie eine Flucht wirkte, aber das musste mir jetzt einfach egal sein.

Ich atmete auf, als ich feststellte, dass die Sparkasse immer noch dort war, wo sie früher gewesen war, wenn auch in einem moderneren Gewand. Erleichtert lief ich auf den Eingang der Sparkasse zu und stieß die Tür so hektisch auf, dass ein älterer Herr sich gerade noch mit einem Sprung in Sicherheit bringen konnte, den er wahrscheinlich selbst nicht mehr im Spektrum seiner Reflexe vermutet hatte. Doch anstatt stolz auf seine frische Reaktionsfähigkeit zu sein, ärgerte er sich darüber, sie mal wieder unter Beweis stellen zu dürfen.

Ich beachtete sein Protestgemurmel nicht, sondern schoss auf den einzigen Geldautomaten zu, vor dem niemand stand. Eilig tippte ich einen Geldbetrag ein, der ausgereicht hätte, die halbe Parfümerie zu erwerben, aber der Gedanke, unter den Augen der perfekt gestylten Verkäuferin mein Geld zusammenzukratzen, das dann doch nicht reichen würde, war so schrecklich, dass mir die Idee ausgesprochen gut tat, mich nachher auf dem Weg zur Kasse noch spontan für ein sündhaft teures Parfüm zu entscheiden.

In aller Eile lief ich zurück, damit die Verkäuferin keine Minute länger als nötig an meiner Zahlungsfähigkeit zweifeln musste – und ertappte sie dabei, wie sie meine Einkäufe gerade wieder ins Regel sortierte. Mit so erstaunten Augen sah sie mich an, dass mein Selbstbewusstsein schlagartig aus der Zeit zurückkehrte, in dem es gerade siebzehn geworden war. Verwundert wie eine erfolgreiche Frau, die mitten im Leben steht und über jeden Zweifel erhaben ist, registrierte ich, was sie tat. »Ich hatte Ihnen doch gesagt, dass ich nur schnell Bargeld holen will.«

Ihre Verlegenheit tat mir gut. Und vor allem gefiel mir, dass es in ihren Augen auch jetzt kein Erkennen gab. Dabei musste ich mir selbst in diesem Augenblick sehr ähnlich sein.

Mit fliegenden Fingern und unter vielen hervorgehaspelten Entschuldigungen suchte sie alles, was ich zuvor ausgewählt hatte, wieder hervor, packte es in eine besonders exklusive Einkaufstasche und legte zu den vielen Proben, die sie mir sowieso hatte gönnen wollen, noch einen Puderpinsel, einen Selbstbräuner und ein Make-up-Schwämmchen. Damit war mein guter Ruf als Kundin dieser Parfümerie derart eindrucksvoll wieder hergestellt worden, dass ich völlig vergaß, der Verkäuferin noch mit der schnellen Entscheidung für ein Luxus-Parfüm zu imponieren. Zufrieden trat ich trotzdem auf die Friedrichstraße zurück und war froh, noch eine Menge Bargeld in der Tasche zu haben. Die Kreditkarte konnte ich getrost im Hotelsafe einschließen. Das Risiko, sie zu benutzen, war viel zu groß.

Beschwingt ging ich auf der anderen Straßenseite in die Badebuchhandlung, sah dem Buchhändler gerade ins Gesicht, der mich durch seine kleinen Brillengläser aufmerksam musterte, und schaffte es, seinem Blick standzuhalten, während ich ihm erklärte, mit welcher Lektüre ich meinen Aufenthalt auf der Insel angenehmer gestalten wollte. Als ich mit zwei Sylt-Krimis aus einer Krimi-Reihe, die der Buchhändler mir empfohlen hatte, wieder vor die Tür trat, fühlte ich mich stark genug, nach Keitum zu fahren. Neue Klamotten konnte ich mir später kaufen.

Piet Röder empfing ihn mit einer freundlichen, geradezu höflichen Begrüßung, was Berno sofort in Alarmbereitschaft versetzte. Wenn sein Chef freundlich oder sogar höflich war, erwartete er etwas, was weit über die Ansprüche eines Chefredakteurs an seine Mitarbeiter hinausging. Berno war also auf der Hut, als er sich zu Piet Röder setzte.

Zum Glück hielt sich sein Chefredakteur nie mit langen Vorreden auf. »Die Funke wird gejagt«, sagte er. »Nicht nur von der Presse, sondern auch von Konrad Kipps Anwälten und vor allem von den Leuten des Prinzen. Wenn die wieder auftaucht, ist sie entweder steinreich oder am Ende ihrer Karriere. Beides ist ein gefundenes Fressen für uns.«

Berno behielt seine Rolle bei. »Prinz? Was für ein Prinz?«

»Der Prinz von und zu Salenburg«, antwortete Piet Röder mit einer Betonung, die verriet, dass ein Adelstitel zu dem wenigen zählte, was ihn beeindruckte. »Emily Funke hat in der Talkshow ... vor laufenden Kameras ... in einer Life-Sendung ... derart unerwartet, dass die Technik keine Tonstörung mehr produzieren konnte ...« Piet Röder schnappte nach Luft, als hätte er sich mit dieser Aufzählung überfordert. »Sie hat klar und deutlich gesagt, Konrad Kipp hätte ein Verhältnis mit der hochwohlgeborenen Gattin des Prinzen. Und das, wo gerade bekannt geworden ist, dass deren Tochter sich mit einem Verwandten der Queen verloben will. Der Prinz platzt seitdem vor Stolz. Er soll sogar schon eine Einladung der Queen zu einer Sommerparty auf Balmoral Castle erhalten haben, weil er sich nun quasi zur englischen Königsfamilie zählen darf.«

»Und nun wird er wieder ausgeladen?«, fragte Berno.

Piet Röder nickte. »Todsicher! Seine Frau Gemahlin ist unten durch. Wie der Verlobte ihrer Tochter reagieren wird, ist noch nicht raus. Aber selbst, wenn er die Verlobung nicht löst – mit Einladungen von der Queen kann der Prinz nicht mehr rechnen.«

»Und Konrad Kipp?«

»Der hat natürlich alles abgestritten! Aber die Funke hat so ein Lächeln aufgesetzt ...« Piet Röder sah ins Deckenlicht und blinzelte mit den Augen. »So ein Lächeln ... also, da wusste jeder, dass sie nicht nur recht hat, sondern sogar Beweise!« Röder rieb sich die Hände. »Diesem Großkotz gönnt es jeder! Das Publikum und jeder einzelne in der Branche erst recht.«

»Und seine Anwälte sind hinter Emily Funke her, um herauszubekommen, ob sie wirklich Beweise hat?«

Röder nickte. »Und die Anwälte des Prinzen wollen erreichen, dass sie die Behauptung zurücknimmt.«

»Indem sie ihr viel Geld bieten«, ergänzte Berno.

»Vermutlich! Schau'n wir mal, wie charakterfest sie ist!
Und wie viel Rückgrat sie hat!«

Sehr viel, dachte Berno bei sich, und sehr viel Charakter.
Wer es sich mit ihr verdirbt, hat keine Chance, und wer
nicht genauso charakterfest ist wie sie und nicht genauso viel
Rückgrat hat, ist bei ihr unten durch. So wie Berno Kaiser,
von dem sie sich verraten fühlte.

»Aber das Wichtigste ist natürlich: Wohin ist sie geflohen?«, fuhr Röder fort. »Sie hat das Studio Hals über Kopf
verlassen, weil ihr anscheinend aufgegangen war, was sie da
angezettelt hatte. Danach ist sie nicht mehr gesehen worden.
In ihr Hotel ist sie nicht zurückgekehrt, in ihr Apartment
auch nicht. Vor dem Haus, in dem sie wohnt, lungern seit
gestern Abend so viele Journalisten herum, dass sie da unmöglich unerkannt reingekommen sein kann. Einer unserer
Leute hat die ganze Nacht in der Tiefgarage verbracht, aber
ohne Ergebnis. Der sitzt da immer noch in seinem Auto mit
der Kamera im Anschlag, aber bisher hat er nichts Auffälliges
bemerkt. Ein anderer hockt vor der Tür von Funkes Agentin.
Die behauptet zwar, sie wisse nicht, wo Emily Funke steckt,
aber das glaubt ihr kein Mensch. Sie wird auf Schritt und
Tritt verfolgt. Wenn sie sich heimlich mit der Funke trifft,
haben wir sie.«

Röder begann mit einem Kugelschreiber zu spielen, der
auf seinem Schreibtisch lag. Höchste Alarmstufe! Wenn Röder seinem Gegenüber nicht mehr ins Gesicht sah, folgte
bald eine sehr unangenehme Frage, das wusste Berno zur
Genüge.

Aber der Chefredakteur schien den Weg zu dieser Frage

erst gründlich bereiten zu wollen. »Zu blöde, dass schon Redaktionsschluss war, als die Talkshow lief! Aber wir werden mit der Schlagzeile natürlich nicht bis Montag warten. Heute Nachmittag schon werden die Straßenhändler mit einer Sonderausgabe rumlaufen! Die wird man uns aus den Händen reißen. Und morgen ...« Nun sah Röder auf und zog die Mundwinkel nach außen. Kein Zweifel, er wollte Berno mit einem Lächeln bestechen. »Morgen haben wir vielleicht eine Meldung, die sonst keiner im Blatt hat.«

»Und die wäre?«, fragte Berno, der sich immer unwohler fühlte. »Hat Ihr geheimnisvoller Informant, der die Urlaubsadresse von Emily Funke kannte, wieder einen Tipp?«

Röder überhörte die Spitze. »Ich weiß, dass einige von der Konkurrenz schon mit schussbereiten Kameras vor dem Hotel in Thailand stehen«, sagte er nachdenklich. »Ich frage mich, ob es Sinn hat, auch jemanden dorthin zu schicken.«

Berno hob die Schultern und ließ sie ausdrucksvoll wieder fallen. Dazu wollte er sich nicht äußern. »Fragen Sie doch Ihren Informanten«, sagte er stattdessen.

»Da frage ich doch lieber Sie«, schoss Röder zurück und schien nun endlich den direkten Kurs einschlagen zu wollen. »Sie kennen Emily Funke am besten.«

»Wie kommen Sie darauf?«

Piet Röder winkte ab. »Hören Sie auf, mir was vorzumachen. Ich weiß, dass zwischen Ihnen und der Funke was läuft. Oder was gelaufen ist! Sie haben oft genug mit ihr telefoniert. Heimlich, dachten Sie. Aber in meiner Redaktion führt keiner stundenlang private Gespräche mit einem Star, ohne dass ich es merke! Sie waren es auch, der mit ihr in Thailand Urlaub machen wollte! Meinen Sie, ich hätte den Reiseführer auf Ihrem Schreibtisch nicht gesehen? Und Sie haben gerade zu der Zeit Urlaub beantragt, in der die Funke in Thailand sein wollte.«

»Zufall«, sagte Berno.

Aber Röder schüttelte den Kopf. »Kein Zufall! Ich habe Sie auch einmal aus ihrer Garderobe kommen sehen. Das war, als sie ihr Konzert in der Köln-Arena gab. Und außerdem habe ich beobachtet, wie Sie zusammen mit ihr in das Haus gingen, in dem sie ihr Apartment hat. Sie scheinen gut küssen zu können, Kaiser! Die Funke hing jedenfalls an Ihren Lippen, als hätte sie sich festgesaugt.«

Berno saß mit offenem Munde da. »Dann muss ich mich ja bedanken«, brachte er schließlich hervor, »dass ich mich noch nicht in einer Schlagzeile wiedergefunden habe.«

»Stimmt!« Röder nickte. »Ein bisschen Dankbarkeit stünde Ihnen gut zu Gesicht. Ich habe mich schon darüber geärgert, dass ich so diskret mit Ihnen umgesprungen bin. Hätte ich geahnt, dass die Liebe so schnell vorbei sein würde, wäre ich schneller gewesen. Aber ich dachte ...«

»Sie dachten?«

»Ich dachte, ich bewahre mein Wissen für eine Gelegenheit auf, in der es wirklich wertvoll ist. Heute zum Beispiel.«

»Wie Sie gerade selbst erwähnten, ist meine Beziehung zu Emily Funke vorbei. Weil Sie in Ihrer Schlagzeile etwas gebracht haben, was eigentlich nur ich wusste.«

»Und mein Informant«, ergänzte Röder. »Tut mir leid! Aber Sie erwarten nicht von mir, dass ich auf einen guten Titel verzichte, nur weil mein Fotograf sich verliebt hat?«

»Und selbstverständlich sind Sie nach wie vor nicht bereit, mir den Namen des Informanten zu verraten.«

»Kommen Sie mir jetzt nicht mit diesen Kinkerlitzchen!«, antwortete Piet Röder. »Ich will in den nächsten Tagen als Einziger im Titel den Aufenthaltsort von Emily Funke haben. Am besten Montag schon! Und ein Foto dazu! Kann ruhig ein bisschen verschwommen sein, Hauptsache, wir sind die Einzigen, die wissen, wo sie ist.«

Berno sah seinen Chefredakteur verblüfft an. »Wie kommen Sie darauf, dass ich weiß, wo sie sich aufhält?«

»Wenn Sie es nicht wissen, dann können Sie es sich denken. Sie kennen sie gut. Ihnen wird sie etwas von ihren Lieblingsplätzen erzählt haben. Von Menschen, denen sie vertraut. Sie kennen ihre Gewohnheiten, Sie wissen, wie sie reagiert, wenn sie mit dem Rücken an der Wand steht. Sie kennen vielleicht Namen von Verwandten oder guten alten Freunden, wo sie unterkriechen könnte.«

»Und die sollte ich Ihnen zutragen?« Berno sah seinen Chef fassungslos an. Piet Röder war ein durch und durch unmoralischer Mensch, der für eine gute Schlagzeile die eigene Großmutter verraten würde. Aber dass er wirklich glaubte, sein Fotograf würde Emily Funke ans Messer liefern, das konnte Berno nicht fassen. Nur mit großer Kraftanstrengung blieb er ruhig.

»Warum schicken Sie nicht Alex Traum los?«, fragte er. »Der ist dafür zuständig. Ich weiß nicht mehr als er.«

Röder machte eine wegwerfende Handbewegung. »Der ist auf Sylt. Ich musste ihm ein paar Urlaubstage genehmigen. Sein Vater hat Geburtstag. Irgendwas Rundes. Siebzig oder so.«

»Auf Sylt?« Berno ärgerte sich über seinen Tonfall, wiederholte deshalb ruhig und mit leiser Stimme: »Auf Sylt?«

Piet Röder nickte. »Erstens kann ich ihn schlecht aus dem Urlaub zurückholen, zweitens will ich, dass er mir News von Promis mitbringt, die dort Urlaub machen, und drittens wissen Sie, was ich von Alex Traum halte. Nichts! Er ist ein lausiger Reporter, ich frage mich, warum ich ihn noch nicht gefeuert habe. Soll er ruhig auf Sylt bleiben, seinen alten Papa feiern und schauen, ob Reinhard Mey den Sommer in seinem Haus verbringt und Eric Clapton bei ihm zu Besuch ist.«

Berno hielt es nicht auf seinem Stuhl. Er ging zum Fenster und sah hinaus. Besser, er drehte Piet Röder den Rücken zu, solange er mit seinen Gefühlen zu kämpfen hatte. Alex Traum auf Sylt! Was hatte das zu bedeuten? Und welche Folgen würde das haben?

Langsam drehte er sich um und stellte fest, dass Piet Röder ihn aus zusammengekniffenen Augen beobachtete. »Also gut«, sagte Berno. »Ich glaube, ich weiß, wo sie ist.«

Piet Röder sprang auf. Anscheinend hatte er nicht damit gerechnet, dass es so leicht sein würde. »Wo?«, stieß er hervor, und in seinen Augen stand der harte Glanz, der immer erschien, wenn er einer guten Story auf der Spur war. »Wo ist sie?«

Berno hielt seinem Blick stand. »Natürlich weiß ich es nicht wirklich. Es ist nur so ... ich kann's mir vorstellen.«

»Also: wo?«

Berno schob sich an Piet Röder vorbei zur Tür. »Ich habe eine Idee ... Sie hat mir mal was erzählt ... Ich werde nachsehen, ob ich recht habe.«

»Sie wollen mir nicht sagen, wo sie sein könnte?«

Berno schüttelte den Kopf. »Das ist meine Bedingung.«

»Also gut, Kaiser! Aber Sie halten mich auf dem Laufenden!«

»Klar! Mache ich!«

»Und Sie fahren gleich los?«

»Den gepackten Koffer habe ich im Auto.«

»Wie lange brauchen Sie? Für die Fahrt, meine ich.«

Berno zog kurz die Mundwinkel herab. »Keine Fangfragen!«

Nun wurde der harte Glanz mit Anerkennung retouchiert. »Ich warte auf Ihren Anruf, Ihre Mail, Ihre Fotos! Am besten heute noch! Spätestens morgen! Und am besten alles auf einmal.«

## 5.

In dem Leihwagen fühlte ich mich einigermaßen sicher. Von einem schlichten Dunkelblau war er, schwach motorisiert, ohne besondere Ausstattungsmerkmale. Ein Golf, wie er dutzendfach herumfuhr! Niemand schenkte ihm einen zweiten Blick. Erst recht nicht auf Sylt, wo das Porsche- und Hummer-Aufkommen wesentlich höher war als in anderen Orten der Republik.

Gemächlich fuhr ich die Keitumer Landstraße hinab. Rechts der kleine Geschenkartikelladen, den vor zwanzig Jahren die Eltern einer Schulfreundin betrieben. Die Schaufenster sahen so aus, als hätte sich an den Eigentumsverhältnissen bis heute nichts geändert. Dahinter eine Gaststätte, die der Frau unseres Klassenlehrers gehörte. In der Hauptsaison ließ er nur ungern Klassenarbeiten schreiben, weil er dann keine Zeit hatte, sie zu korrigieren. Meine Eltern waren niemals in diese Gaststätte gegangen, weil sie es unpassend fanden, von meinem Lehrer bedient zu werden.

Das Radio dudelte einen uralten Schlager, der aus unerfindlichen Gründen wieder in die Charts geraten war. Ich summte mit, dann ging er unvermutet in einen scharfen Beat über, sechs, sieben, acht ... »Then you'll just have to stay at home.« Ich sang die zweite Stimme, die erste hatte ich oft genug ins Mikrofon gegrölt. »Bloody hell! Suit yourself! U-u-u!« Ein guter Titel. Nicht neu, aber immer noch gut. Er gehörte nach wie vor zu meinen Zugaben.

Ich fuhr immer langsamer, und als das Verkehrsschild links nach Keitum wies, hielt ich sogar an, obwohl es keinen Grund dafür gab und der Fahrer des Wagens, der hinter mir stoppte, sich schrecklich darüber aufregte. Zaghaft setzte ich den Blinker und bog links ab, es konnte mir gar nicht langsam genug gehen. Ich staunte über den Kreisverkehr, den es vor zwanzig Jahren noch nicht gegeben hatte, und warf einen langen Blick in den Gurtstig, ehe ich aus dem Verkehrskreisel wieder herausbog, der St.-Severin-Kirche entgegen. Ihr roter unverputzter Turm stand viereckig da, robust, unprätentiös. Er hatte nichts Elegantes oder gen Himmel Strebendes, er sah aus, als wollte er nichts darstellen, was sein Gemäuer nicht zu sagen vermochte. An den Turm lehnte sich das weiß getünchte Kirchenschiff, obwohl mein Vater immer behauptet hatte, es sei genau umgekehrt, denn der Turm war zuletzt dem Kirchengebäude zugefügt worden, also musste er es sein, der sich anlehnte an das, was schon da gewesen war. Als kleines Mädchen hatte ich den Rautenfries bewundert, der sich unter der Dachkante der Kirche entlangzog. Wie die Kreuzstickerei eines Kindes sah es aus, das sich in einer Handarbeitsstunde damit abgequält hatte. Ein bescheidener, unvollkommener, aber hübscher Schmuck!

Ich bog vor der Kirche rechts ab, stellte den Wagen auf dem unbefestigten Parkplatz am Kirchenweg ab, rückte meine Perücke zurecht und stieg aus. Zwei weitere Autos, mehrere Fahrräder und ein Motorrad waren dort geparkt worden, aber ihre Besitzer konnte ich nicht ausmachen. Vielleicht waren sie in der Kirche oder irgendwo auf dem Friedhof.

Langsam, sehr langsam ging ich durch das Tor und blieb stehen. Ich wusste, warum ich zögerte. Feige war ich! Ja, ich hatte Angst davor, zum Grab meiner Eltern zu gehen. Ich war ja niemals dort gewesen. Einem Kind, das nie das Grab seiner Eltern besucht, geschieht es recht, dass es Angst hat, wenn es sich nach so vielen Jahren dort blicken lässt. Vielleicht hätte ich es auch an diesem Tag nicht getan, wenn ich nicht genau gewusst hätte, dass dann die Angst noch viel schlimmer gewesen wäre. Nein, ich musste herkommen, etwas anderes durfte nicht sein. Und ich musste Fragen stellen, die niemand mehr beantworten konnte, mich entschuldigen für etwas, was bedeutungslos geworden war, erklären, was nicht mehr zu erklären war. Trotzdem war all das wichtig. Sehr wichtig!

Auf einen Blumenstrauß hatte ich verzichtet, obwohl ich fand, dass es sich gehörte, nach so vielen Jahren Blumen aufs Grab zu legen. Aber als ich mir ausgemalt hatte, wie er sich ausnehmen würde, so ein frischer Strauß auf vertrocknetem Gras oder zwischen wucherndem Unkraut, hatte ich darauf verzichtet. Es wäre das Sichtbarmachen meiner sämtlichen Versäumnisse gewesen. Jeder hätte sehen können, dass eine Tochter zu Besuch gekommen war, die sich sonst nie um das Grab ihrer Eltern kümmerte. Ein frischer Strauß auf einem verwahrlosten Grab zeigte, dass es jemanden gab, der eigentlich dafür zu sorgen hatte, dass das Andenken einen würdigen Rahmen erhielt.

Als ich in Westerland aufgebrochen war, hatte ich Angst gehabt, das Grab nicht zu finden, aber nachdem ich den Friedhof betreten hatte, wusste ich sofort, wohin ich mich zu wenden hatte. Ja, der Weg, auf dem ich dem Sarg meines Vaters gefolgt war, hatte sich mir eingeprägt. Meine Mutter hatte ich auf dem Weg zu ihrer letzten Ruhestätte nicht begleitet. Nur wenige Wochen nach meinem Vater war sie gestorben, aber ich wusste, dass ich alles, was während der Beerdigung meines Vaters geschehen war, nicht noch einmal ertragen würde. Damals war ich gefragt worden, warum ich nicht zur Beisetzung meiner Mutter fahren wollte, und ich hatte geantwortet: »Niemals wieder werde ich diese Insel betreten!«

Wie ein Schwur musste es jedem vorgekommen sein, der es gehört hatte. Und wer mich kannte, wusste, dass ich stets meinte, was ich sagte. Deswegen war ich so sicher gewesen, dass mich hier niemand suchen würde. Aber irgendwie musste Alex Traum dennoch dahinter gekommen sein, dass ich mich ausgerechnet nach Sylt geflüchtet hatte. Wie war er auf die Idee gekommen? Und wenn er mich auf Sylt vermutete, dann würden auch andere mich womöglich hier suchen. Einige von denen, die damals dabei gewesen waren, als ich meinen Vater zu Grabe trug?

Schrecklich war es gewesen. Nicht nur für mich, sondern auch für diejenigen, die ehrlich um meinen Vater trauerten. Allerdings waren das nicht viele, die meisten waren aus Sensationsgier gekommen. Nicht jedoch Maik, der meinen Vater sehr gern gehabt hatte! Er war im Blitzlichtgewitter erstarrt, hatte seine Trauer hinter einer Wand aus Abneigung versteckt und mir keinen Blick gegönnt. Wie sehr hatte ich mir gewünscht, er würde meinen Arm nehmen, als ich an das offene Grab trat und die weiße Rose auf den Sarg fallen ließ. Aber das Fremde hatte ihn zurückgehalten, all das Ungehörige, Taktlose hatte ihn abgestoßen, er war unfähig gewesen, sich mir zuzuwenden, während die Kameras auf mich gerichtet waren. Kein privates Wort hatten wir wechseln können, ich wusste, als ich zurückkehrte, nicht, wie sein Leben verlaufen war, ob er verheiratet war, ob er Kinder hatte. Mindestens ein gutes Dutzend Journalisten war es gewesen, das alles Private unterbunden, jeden meiner Schritte bewacht und jede meiner Regungen festgehalten hatte. Am nächsten

Tag fand ich mich auf allen Titelseiten wieder mit Überschriften, die nichts von meinen wirklichen Gefühlen verrieten. Die *Close up* war besonders reißerisch gewesen. »Steht Emily Funkes Karriere auf dem Spiel? Hat die Trauer um ihren Vater ihrer Stimme geschadet?«

Die Paparazzi hatten sogar meine Mutter im Altenheim belästigt, bevor die Pflegerinnen sie aus dem Hause warfen. Und als ich meine Mutter nach der Beerdigung besuchte, waren sie mir bis zur Tür ihres Zimmers gefolgt und hatten mit Gewalt daran gehindert werden müssen, mich neben dem Rollstuhl meiner Mutter zu fotografieren.

Ich hatte nicht geahnt, wie hinfällig sie war, und nicht gewusst, dass die Demenzerkrankung so weit fortgeschritten war, dass ich nicht sicher sein konnte, ob sie mich überhaupt verstand. Aus großen, staunenden Augen hatte sie mich angesehen und immer wieder genickt, als die Pflegerinnen ihr erklärten, dass ihre Tochter zu Besuch gekommen sei. »Die Sängerin!«, wurde ihr ins Ohr geschrien, denn schwerhörig war sie auch geworden. »Auf die Sie so stolz sind!«

Und dann, als die Pflegerinnen mich mit ihr allein gelassen und vor der Tür Posten bezogen hatten, damit wir nicht gestört wurden, hatte sie mich gebeten, die Mozartkugeln wieder mitzunehmen, die ich ihr angeblich letzten Sonntag gebracht hatte. »Die mag ich nicht.«

Erkannte sie mich nicht? Wer hatte ihr letzten Sonntag Mozartkugeln gebracht? Oder erinnerte sie sich daran, dass ich ihr früher zum Muttertag und zum Geburtstag stets Mozartkugeln geschenkt hatte, weil sie die so gerne aß?

»Ja, Muttertag«, bestätigte sie. »Letzten Sonntag!«

Ich merkte, dass es keinen Sinn hatte, sie daran zu erinnern, dass der letzte Muttertag bereits Monate zurücklag, und erst recht brachte ich nicht zur Sprache, dass sie vermutlich die Einzige gewesen war, die keinen Besuch bekommen hatte.

Leise begann ich von früher zu reden, während vor der Tür eine Pflegerin sich strikt verbat, zum Schicksal von Emily Funkes Mutter befragt zu werden. Von der Zeit erzählte ich, in der wir noch eine Familie gewesen waren, als die Gerüchte noch nicht laut geworden waren, als man mich noch nicht hämisch angegrinst hatte, als mein Vater mich noch kein einziges Mal mit diesem scharfen Blick angesehen und mich noch nie weggeschoben hatte, wenn ich mich an ihn schmiegen wollte. Und dann hatte ich ihre Hände genommen und von meinem Vater gesprochen. Wusste sie, dass er an diesem Tag beerdigt worden war? Ich hatte ihr fest in die Augen gesehen und dafür gesorgt, dass sie meinem Blick nicht auswich. »Papa kann ich nun nicht mehr fragen! Sag du es mir! Stimmt es, was die Leute getuschelt haben?«

Sie lächelte mich an, wie sie auch die Pflegerin anlächelte, die ihr Kissen aufgeschüttelt hatte. »Später«, sagte sie mit ihrer sanften Stimme. »Wenn du erwachsen bist.«

»Ich bin jetzt erwachsen, Mama! Sag's mir! Bitte!«

»Später«, wiederholte sie, und ich wusste nicht einmal, ob sie begriffen hatte, was ich von ihr wissen wollte.

Resigniert legte ich ihr die Hände zurück in den Schoß. Egal, was sie mir sagen würde, ich konnte nicht wissen, ob es die Wahrheit war. Es hatte keinen Sinn mehr zu fragen. Mit ihrem »Später« schlug sie mir mitten ins Gesicht. So, wie sie mich früher geschlagen hatte, wenn ich ihr diese Frage stellte. Einmal – ein einziges Mal – hatte sie geantwortet: »Solange Papa lebt, kann ich es nicht sagen.«

Nun war er tot. Und die kleine Hoffnung, die ich nie ganz verloren hatte, lebte auch nicht mehr.

Danach sah ich meine Mutter nie wieder. Als sie starb,

fuhr ich nicht zur Beerdigung nach Sylt. Nein, nicht noch einmal dieses Spießrutenlaufen! Nicht noch einmal der Presserummel am offenen Grab! Die Zeitungen hatten mich mit bösen Schlagzeilen dafür bestraft, dass ich eine schlechte Tochter war, aber ich hatte einfach still gehalten, abgewartet, bis neue Schlagzeilen die alten verdrängten, und danach hatte die Frage, deren Beantwortung mir so wichtig gewesen war, mehr und mehr an Bedeutung verloren ...

Der alte Mann fiel mir auf, als ich in einen schmalen Weg gehen wollte, an dessen Ende ich das Grab meiner Eltern vermutete. Ein großer schlanker Mann, mit dichten weißen Haaren und aufrechter Haltung. Er hielt eine kleine Harke in der linken Hand, in der rechten eine Gießkanne. Mit einer weiten, ausholenden Bewegung goss er die Blumen, ohne sich über das Grab zu neigen, so, als wollte er es segnen.

Ich verzichtete darauf, in den Weg einzubiegen, und ging weiter. Bei meiner ersten Begegnung mit dem Grab meiner Eltern wollte ich keine Zeugen, kein freundliches »Moin!« und keine gut gemeinten Fragen. Ich wollte allein sein mit dem Grab und niemandem erklären müssen, warum es so verwahrlost war, warum ich mich nie darum gekümmert hatte, warum ich nicht mehr getan hatte, als einen teuren Grabstein zu bestellen.

Ich bummelte weiter, blieb stehen, drehte mich um, betrachtete die Kirche. So, wie es die Touristen taten, die nach Keitum kamen. Aber es war, als ließe sich der alte Mann nicht täuschen. Bevor er die Gießkanne an ihren Platz neben der Wasserstelle zurücksetzte, warf er mir einen fragenden Blick zu. Erkannte er mich? Nein, das war unmöglich. Mein Publikum war jünger, dieser alte Mann gehörte nicht dazu. Und selbst wenn! Der Rezeptionist im Hotel Roth hatte mich nicht erkannt, die Verkäuferin in der Parfümerie nicht und der Buchhändler auch nicht. Warum also dieser alte Mann?

Ich wartete, bis er den Friedhof verlassen hatte, dann kehrte ich um und bog in den Weg ein, an dem ich kurz vorher vorbeigegangen war. Von einem Grab zum anderen ging ich, jedes von einer niedrigen Hecke umgeben, von einem Grabstein zum nächsten, entzifferte die Namen, ließ mich auf Erinnerungen ein, ging weiter. Kein einziges verwahrlostes Grab war dabei, alle waren sie sorgsam bepflanzt worden, die Grabsteine gescheuert, die Buchstaben darauf blank geputzt, so dass alle Namen gut zu lesen waren. Ich hoffte plötzlich, dass die Namen meiner Eltern von Grünspan verzerrt und von wild wuchernden Ranken überdeckt sein würden. Die Scham wäre dann vielleicht ein wenig erträglicher.

Als ich etwa die Hälfte des Weges gegangen war, konnte ich erkennen, dass es bis zu seinem Ende kein einziges Grab gab, das von den Angehörigen vergessen worden war. Hatte mich die Erinnerung getäuscht? War ich in den falschen Weg eingebogen? Aber dann sah ich auf dem vorletzten Grab den Stein, den ich aus dem Katalog eines Bestatters ausgesucht hatte. Darauf den Namen Funke, darunter die Vornamen Hannes und Elisabeth. Der Stein glitzerte feucht, die goldenen Buchstaben leuchteten. Ich stand vor einem liebevoll gepflegten Grab. Vor dem Stein gab es ein Rund mit dicht gepflanzten Eisbegonien, neben dem Stein ein zierliches Rosenstämmchen, dunkler Bodendecker fasste das Grab ein. In einer Vase leuchteten tiefrote Tulpen. Von den Blättern des Bodendeckers perlte das Wasser, die Eisbegonien ließen ihre Blütenblätter hängen, weil sie schwer waren vom Gießwasser.

Ich fuhr herum. Der alte Mann stand nahe der Kirche

und schien mich zu beobachten. Oder irrte ich mich? Warf er nur einen Blick zurück auf den blühenden Kirchhof, der ein schönes, friedliches Bild abgab?

Nun drehte er sich um und lief eilig davon. Ich wandte dem Grab meiner Eltern so lange den Rücken zu, bis ich nicht mehr damit rechnen konnte, dass ein Motor gestartet wurde und ein Auto davonfuhr. Er hatte den Friedhof wohl zu Fuß oder mit dem Fahrrad verlassen.

Berno kam mit der ersten Dämmerung auf Sylt an. Erst während der Fahrt über den Hindenburgdamm hatte er darüber nachgedacht, wie er vorgehen wollte. Noch in Niebüll vor der Verladerampe war in ihm das sichere Gefühl gewesen, Emily auf Sylt nahe zu sein, so nahe, dass er sie finden, dass er sie nicht einmal suchen musste, dass er ihr begegnen würde, sobald er auf Sylt war. Erst während er im Bistro auf den Beginn des Verladens gewartet hatte, war ihm so richtig klar geworden, wie vernunftwidrig seine Zuversicht war, wie unwahrscheinlich es war, Emily zu finden. Zwar glaubte er fest daran, dass sie auf ihre Insel geflohen war, aber in welchen Ort? Und zu welchen Menschen? Verwandte hatte sie nicht mehr auf Sylt, Freunde auch nicht, und Fremden konnte sie nicht vertrauen. Was, wenn sie sich in irgendeiner Ferienwohnung vor ihren Verfolgern versteckte und diese nur nachts verließ? Wie sollte er sie dann finden?

Er hatte im Bistro lange vor dem Zeitschriftenregal gestanden und auf die Sonderausgabe der *Close up* gestarrt. »Der Skandal um Emily Funke erschüttert sogar die Queen!« Während er diese Titelzeile betrachtete, hatte sich mindestens fünfmal ein Arm an ihm vorbeigeschoben und nach der Zeitung gegriffen. Keine Frage, die ganze Nation nahm Anteil an den Geschicken, die am Abend vorher entschieden worden waren. An dem der Prinzessin von und zu Salenburg, die gesellschaftlich unten durch war, an dem ihres Gemahls, der von der Einladungsliste der Queen gestrichen worden war, an dem Schicksal seiner Tochter und ihres Verlobten und dem Konrad Kipps, dem alle anderen Schicksale egal sein würden, weil sein eigenes ihn vermutlich noch ein Stück reicher und prominenter gemacht hatte. Und nicht zuletzt ging es um das Schicksal Emily Funkes und den Skandal, den sie ausgelöst hatte. Zwischen zwei Fischbrötchen wurde darüber diskutiert, ob man ihr vorwerfen musste, die junge Prinzessin um die Chance ihres Lebens gebracht zu haben, während an einem Stehtisch die einhellige Meinung bestand, dass auf keinen Fall Emily Funke schuld sei, sondern die Ehefrau des Prinzen, die sich auf einen bürgerlichen Großkotz wie Konrad Kipp eingelassen und damit alles andere heraufbeschworen hatte. »So was gehört sich einfach nicht für eine Hochwohlgeborene!« Genauso einhellig war man dort der Ansicht gewesen, dass Konrad Kipp von nun an nicht mehr nur ein Ekelpaket, sondern auch ein toller Hecht war. »Eine Prinzessin flachlegen! Donnerwetter! Und dann noch eine, die beinahe mit der Queen verwandt ist!« Die Biergläser schlugen aneinander, es gab keinen an diesem Stehtisch, der nicht genauso für Konrad Kipp war, wie er gegen ihn war.

Während der Überfahrt hatte Berno keinen Blick für die Schönheiten des Watts gehabt. Ihm war klar geworden, dass seine Gefühle ihm die falschen Ideen eingegeben hatten. Wie war er darauf gekommen, Emily zu suchen? Sie würde sich von ihm genauso wenig finden lassen wollen wie von allen anderen. Und sollte er sie tatsächlich aufspüren, würde sie sich von ihm nicht beschützen lassen wollen. Nein, er hatte nur eine Aufgabe: Er musste dafür sorgen, dass Alex

Traum sie nicht fand. Also musste er nicht nach Emily suchen, sondern nach seinem Kollegen. Und wenn er ihn gefunden hatte, musste er ihm auf den Fersen bleiben, um notfalls zu verhindern, dass Piet Röder an seine nächste Schlagzeile kam.

Es hatte nur eines einzigen Anrufs bedurft, danach wusste Berno, wo Alex' Vater wohnte, der soeben seinen siebzigsten Geburtstag gefeiert hatte. Also machte er sich, kaum dass er vom Autozug heruntergerollt war, auf den Weg nach Keitum.

## 6.

Wer pflegte das Grab meiner Eltern? Verwandte gab es keine, gute Freunde meiner Eltern auch nicht, Menschen, die es meinetwegen taten, fielen mir ebenfalls nicht ein. Aber es musste jemanden geben, dem es wichtig war, das Andenken meiner Eltern zu erhalten. Ich war gerührt, und ich hätte demjenigen gern gedankt.

Eigentlich hatte ich nach Westerland zurückfahren wollen, raus aus Keitum, weg von den Erinnerungen! Oder sollte ich es wagen, zur *Wattrose* zu fahren? Ich fühlte, dass ich den Kopf schüttelte. Nein, ich durfte kein Risiko eingehen!

Wieder fuhr ich sehr langsam auf den neuen Kreisverkehr zu, aber diesmal war niemand hinter mir, der mich drängte und den ich mit meiner Trödelei verärgerte. Und dann ... dann bog ich tatsächlich nicht in Richtung Westerland aus dem Kreisverkehr heraus, sondern in den Gurtstig ein. War ich verrückt geworden? Wie konnte ich das wagen?

Vorsichtshalber fuhr ich den Gurtstig ganz durch, bis dorthin, wo sich der Kreis um Keitum herum schloss und der

Gurtstig in die Süderstraße mündete. Dann wusste ich, dass die Erinnerung mich früher oder später hierhin geführt hätte. Unvorstellbar, nach Sylt zurückzukehren, ohne der *Wattrose* einen Besuch abzustatten. Da konnte ich mir noch so oft sagen, dass ich nicht als Gast auf die Insel gekommen war, sondern als Zufluchtsuchende. Es war zu spät, um in Sylt nur meine Fluchtburg zu sehen. Ich hatte mich den Erinnerungen an meine Eltern gestellt, hatte ihr Grab gesucht und etwas gefunden, was ich nicht erwartet hatte. Warum nicht auch Maik suchen und sehen, was ich finden würde? Meine Vergangenheit war keine Kette aus aneinandergefügten Gliedern, sie war ein großes rundes Ding, das sich in zwanzig Jahren aufgeblasen hatte. Es ließ sich nichts mehr vom anderen trennen, bei dem Versuch würde meine ganze Erinnerung platzen und zunichtegemacht sein.

Die *Wattrose* hatte sich nicht verändert. Das rechteckige, weiß getünchte Gebäude mit dem Reetdach, das die Fenster beschattete, hatte lediglich eine neue Haustür erhalten, über der ein ebenso neues Schild prangte: *Wattrose – Inhaber Maik Wanner*. Hier hatte ich den Rest meines Lebens verbringen wollen! Als Frau Wanner, die die beste Fischsuppe der Insel kochte! Frau Wanner, die alle Stammgäste beim Namen nannte. Frau Wanner, die Seele des Geschäfts! Hätte ich das wirklich gewollt? Wäre ich hier glücklich geworden? Es gab eine Zeit, da war ich mir sicher. Und während der paar Schritte, die ich auf die Tür der *Wattrose* zumachte, war alles besser, als eine populäre Sängerin zu sein, die auf der Flucht war.

Neben der Eingangstür gab es immer noch das schmale Fenster, durch das man in den Schankraum sehen und erkennen konnte, wer hinter dem Zapfhahn stand. Zumindest dann, wenn man den linken Fuß auf die Kante des Kellerschachts stellte, das rechte Bein so weit abspreizte, dass sich die Hose nicht in den Dornen des Bodendeckers verfing, und sich am Fenstergitter festklammerte, damit man nicht unversehens im Kellerschacht landete. So war es damals gewesen, wenn ich wissen wollte, ob Maik selbst oder sein Vater hinter der Theke stand, und es war auch heute noch so. Dass es mir nicht mehr so leichtfiel, mich auf dem linken Bein zu halten, und dass es schwerer geworden war, das rechte Bein weit abzuspreizen, darüber wollte ich nicht nachdenken. Vielleicht hätte ich es tun sollen. Dann wäre mir der Schreck erspart geblieben, und ich wäre vor den peinlichen Folgen bewahrt worden.

So aber starrte ich durch das Fenster auf den Mann, der am Zapfhahn stand, und vergaß alles andere um mich herum. Er stellte soeben zwei gut gefüllte Biergläser auf ein Tablett und gab einer Person, die ich nicht sehen konnte, einen Wink. Maik Wanner! Zwanzig Jahre älter, aber doch immer noch der Maik, in den ich so verliebt gewesen war, dass ich ohne ihn nicht leben wollte. Seine Haare waren kürzer, der Kinnbart, mit dem er sich damals interessanter und älter machen wollte, war verschwunden, und er schien nicht mehr ganz so schlank zu sein. Aber sein Lächeln war unverändert und die Geste, mit der er sich durch die Haare fuhr, ebenfalls. Wenn ich mich genauso wenig verändert hatte wie er, würde er mich sofort erkennen. Trotz Perücke!

»Was machen Sie da?«

Die Stimme war jung und frisch und klang überaus erstaunt. Ich fuhr erschrocken herum. Oder vielmehr ... ich wollte es. Aber während ich mich umzudrehen versuchte, rutschte mein linker Fuß von der Kante des Kellerschachts, mein rechter gleich hinterher. Ich klammerte mich am Fenstergitter fest und ließ mich dann, nach einigen Zappeleien, die zu nichts führten, in den Kellerschacht plumpsen. So stand ich wenigstens aufrecht, als ich mich endlich umdrehen konnte, um zu sehen, wer mir den verhängnisvollen Schreck eingejagt hatte. Doch da meine Stirn sich etwa in Schnürsenkelhöhe der Person befand, die mich angesprochen hatte, war diese Haltung nichts anderes als entwürdigend. Vor allem, da mir schlagartig klar wurde, dass ich ohne Hilfe aus diesem Kellerschacht nicht wieder herauskommen würde. Fehlte nur noch, dass Maik auf das Geschehen vor seinem Restaurant aufmerksam wurde, aus der Tür trat und die Frau, die er mal heiraten wollte, in seinem Kellerschacht vorfand!

Das junge Mädchen, das über mir stand, wiederholte seine Frage: »Was machen Sie da?«

»Ach, ich wollte nur mal ... nur mal gucken ... ob mir dieses Lokal überhaupt gefällt, ehe ich dort einkehre.«

Dass ich mit dieser Antwort meine Lage nicht verbesserte, war dem jungen Mädchen anzusehen. Ich konnte es ihm nicht verdenken. »Sie hätten auch einfach die Tür öffnen und nachsehen können, ob es Ihnen bei uns gefällt. Mein Vater wäre bestimmt nicht beleidigt gewesen, wenn Sie wieder gegangen wären.«

Ihr Vater! Auch das noch! Ich verzichtete auf weitere Erklärungen und streckte ihr beide Hände entgegen. Zum Glück schien sie mir keine bösen Absichten zu unterstellen, sonst hätte sie mich in dem Kellerschacht stehen lassen und die Polizei gerufen. So aber ergriff sie meine Hände und war so freundlich, ihre ganze Kraft einzusetzen, die wirklich nötig war, um mich aus der misslichen Lage zu befreien. Ich war ihr sehr dankbar. Vor allem, da sie nicht auf weiteren Fragen bestand, auf die ich keine befriedigende Antwort gehabt hätte.

»Sehen Sie sich in Zukunft vor! Ohne mich hätten Sie da unten vielleicht die Nacht verbringen müssen!«

Ich verzichtete auf den Hinweis, dass ich ohne sie gar nicht erst in diese Lage geraten wäre, um den schlechten Eindruck, den Maik Wanners Tochter von mir haben musste, nicht noch zu vertiefen. So rief ich ihr nur einen freundlichen Gruß nach und ging zu meinem Wagen zurück, damit sie glaubte, ich hätte mich gegen einen Besuch im Restaurant ihres Vaters entschieden. Vielleicht würde sie dann später darauf verzichten, Maik von der komischen Frau zu erzählen, die sie in seinem Kellerschacht gefunden hatte. Fehlte nur noch, dass meine Perücke verrutscht war, dann würde sie womöglich sogar von einer Geisteskranken sprechen, der sie aus purem Mitleid die Rückführung in die Psychiatrie erspart hatte.

Das Mädchen verschwand um die Ecke, ohne sich noch einmal umzusehen. Ob es besser war, wenn ich unverrichteter Dinge nach Westerland zurückkehrte? Was passieren würde, wenn Maik mich erkannte, war mir sowieso nicht klar. Erst recht nicht, was mit mir geschehen würde, wenn er mich nicht erkannte. Alles sprach dafür, dass ich mich unverzüglich wieder ins Auto setzte und ins Hotel Roth zurückfuhr. Wie war ich überhaupt auf die Idee gekommen, zu Maik Wanner zu fahren?

Diese Frage ließ sich nicht beantworten. Beim besten Willen nicht! Und warum ich ein zweites Mal auf die Eingangstür der *Wattrose* zuging, auch nicht. Als Erklärung musste genügen, dass ich Maik durchs Fenster gesehen hatte und nun unmöglich kehrtmachen konnte, ohne sein Lachen und seine Stimme gehört zu haben. Dass er eine Tochter hatte, war mir völlig egal. Und dass dieses Kind eine Mutter haben musste, darauf verschwendete ich keinen Gedanken. Ich sagte mir einfach, dass nicht Emily Funke, sondern eine Frau namens Elisabeth Maart die *Wattrose* betreten würde. Notfalls konnte ich sogar meine Gästekarte zücken, die auf den Namen meiner Mutter ausgestellt war, und mich mit ihr ausweisen.

Dieser Selbstbetrug half mir tatsächlich, die Tür der *Wattrose* zu öffnen, ohne sie aus den Angeln zu reißen, und das Restaurant zu betreten, ohne über die Schwelle zu stolpern und bäuchlings vor der Theke zu landen.

Berno hatte keine Schwierigkeiten, das Haus zu finden, in dem Alex' Vater wohnte. Ein großes, niedriges Gebäude war es, auf einem Grundstück, das nur wenig größer war als das Haus. Einen Garten gab es nicht, nur einen Weg, der ums Haus herumführte. Hinter sämtlichen Fenstern brannte Licht, die Frage, ob Alex überhaupt im Haus seines Vaters wohnte, beantwortete sich bald. Gerade in dem Moment, in dem Berno seinen Wagen abschloss, erschien Alex' Gestalt kurz am Fenster.

Berno sah die Straße hinauf und hinab. Kein Hotel! Wie sollte er Alex im Auge behalten, ohne dass der es bemerkte?

Da fiel sein Blick auf ein Schild, das am Straßenrand aufgestellt worden war: »Zimmer zu vermieten!« Das dunkel verklinkerte Haus, zu dem es gehörte, war klein und unscheinbar, schon seit längerem renovierungsbedürftig und passte nicht zu seinen Nachbarn, die weiß gestrichen und sorgsam gepflegt waren. Das Alter seiner Besitzer war leicht an den künstlichen Alpenveilchen zu erkennen, die in Reih und Glied auf dem Fensterbrett standen, an den Häkelgardinen und der hölzernen Eingangstür, die von einem emaillierten Türknauf in den Farben Erbsengrün, Pfefferminzteegelb und Linoleumbraun geschmückt wurde.

Berno, der um die Wirkung seines Charmes auf ältere Damen wusste, schritt frohgemut auf diese Tür zu. Wenn das Zimmer zu haben war, würde er es bekommen!

Er bekam es tatsächlich! Und zwar, ganz ohne seinen Charme einzusetzen. Frau Tornsen war heilfroh, dass sich endlich jemand ernsthaft für das Zimmer interessierte, das sie zu vermieten hatte, sie hätte auch Ekel-Alfred in ihr Haus einziehen lassen. »Heutzutage wollen ja alle ein Zimmer mit eigenem Bad! Und am besten mit Meer- oder Wattblick!«

Nichts davon hatte das Zimmer zu bieten, in das Berno geführt wurde. Das Mobiliar war monströs, dunkel und unpraktisch. Wie das Bad der Tornsens aussah, das er während seines Aufenthalts mitbenutzen durfte, mochte er sich nicht ausmalen. Trotzdem sagte Berno, ohne lange zu überlegen und sogar ohne nach dem Preis zu fragen: »Ich nehme es.«

Frau Tornsen dankte ihm diese schnelle Entscheidung, indem sie das Gespräch bereitwillig auf die Nachbarschaft lenken ließ und nichts dabei fand, dass Berno an den Lebensumständen des alten Herrn Traum Interesse zeigte. »Ein Zugereister! Kein Sylter! Aber trotzdem ein netter Mensch. Und ein guter Arzt! Wie der meine Magenschleimhautentzündung in den Griff bekommen hat ...«

Bevor sie sich über weitere gesundheitliche Beschwerden auslassen konnte, von denen Dr. Traum sie geheilt hatte, lenkte Berno das Gespräch auf dessen Familienverhältnisse. Obwohl ihn ihre Erfahrungen mit der Magenschleimhautentzündung durchaus interessierten. Die Magenbeschwerden, die er hatte, seit Emily nicht mehr bei ihm war, rührten vielleicht auch von einer entzündeten Schleimhaut her?

»Seine Ehe war nicht glücklich«, berichtete Frau Tornsen, »aber ich glaube, daran war seine Frau nicht ganz unschuldig. Es hieß zwar, er hätte eine andere gehabt, aber gesehen habe ich ihn nie mit einer anderen Frau. Und bei manchen Ehefrauen darf man sich ja auch nicht wundern, wenn der Mann sich nach anderen umsieht! Stimmt's?«

Berno gab ihr in allen Punkten recht und nickte sogar ernsthaft, als Frau Tornsen den Worten »Man soll ja niemandem den Tod wünschen« die Aussage hinterherschickte, sie habe Dr. Traum dennoch gewünscht, dass seine Frau ihrem langen Leiden etwas zügiger erlegen wäre. »Seit er Witwer ist, geht's ihm viel besser. Und wenn Alex zu Besuch kommt, ist er rundum glücklich.« Sie senkte ihre Stimme zu einem vertraulichen Flüstern. »Alex ist Journalist, müssen Sie wissen. Er schreibt für die *Close Up*. Was der für Leute kennt! Der hat schon alle möglichen Berühmtheiten interviewt.« Frau Tornsen erwärmte sich an dem Thema und kam prompt auf das zu sprechen, was die Nation zurzeit bewegte. Sie war nämlich nicht nur eine eifrige Leserin der *Close Up*, sondern sah sich ebenso begeistert jede Talkshow im Fernsehen an. »Die Emily ist eine von uns! Eine Sylterin! Couragiert war sie ja schon immer, das sagen alle.«

»Sie haben Emily Funke gekannt?«

»Natürlich!« Frau Tornsen warf sich in die Brust, was in ihrem Falle eine beträchtliche Wirkung hatte. »Jedenfalls ein bisschen! Ich weiß noch, dass ich in einem Schuhgeschäft mal neben ihr ein Paar Schuhe anprobiert habe. Ich brauchte neue Halbschuhe, und sie kaufte sich ein Paar Lederstiefel. Später, als sie berühmt wurde, habe ich mich sofort daran erinnert. Es war richtig, dass sie gestern die Wahrheit gesagt hat. Wie kann man einen echten Prinzen mit einem Fiesling wie diesem Kipp betrügen? Es geschieht der Prinzessin ganz recht, wenn sie nun nicht mehr bei der Queen eingeladen wird.«

Auf Bernos Frage, ob sie Emily hier auf Sylt vermute,

schüttelte Frau Tornsen bekümmert den Kopf. »Sie hat hier ja niemanden. Nach der Beerdigung ihres Vaters ist sie nie wieder auf Sylt gewesen. Nicht einmal, als ihre Mutter starb. Aber verdenken kann man es ihr nicht. Es wurde ja so viel geredet.« Noch einmal warf sie sich in die Brust, dass die Knöpfe ihrer Bluse Mühe hatten, in den Löchern zu bleiben. »Ich habe ja nie was auf die Gerüchte gegeben ...«

Der Augenblick war günstig gewesen. Ich hatte die *Wattrose* gerade in dem Moment betreten, als Maik von einem Gast angesprochen und um etwas gebeten wurde, das sich unter der Theke befand. Er bückte sich und war exakt so lange verschwunden, bis ich meinen Platz an dem Tisch eingenommen hatte, der am weitesten von der Theke entfernt war. Das Restaurant war gut besucht, wenn ich mich klein machte, bestand die Chance, dass Maik mich gar nicht wahrnahm.

Niemand beachtete mich, nur am Nebentisch saßen drei Männer, die mich neugierig musterten. Unauffällig griff ich zu meiner Perücke und kontrollierte ihren Sitz. Doch dann merkte ich, dass sie zu denen gehörten, die jede Blondine anstarrten, wenn sie noch keine fünfzig und einigermaßen ansehnlich war. Dass die drei selber bereits die sechzig überschritten hatten und keiner von ihnen auch nur halbwegs ansehnlich war, spielte dabei natürlich keine Rolle.

Die Kellnerin, die an meinen Tisch trat, war eine andere Gefahr, das erkannte ich sofort. Möglich, dass sie mit ihrem scharfen Blick jede Frau bedachte, die das gleiche Alter und die gleiche Körbchengröße hatte, aber er war nicht nur bewertend, ihm schien auch nichts zu entgehen. Vor ihr musste ich mich in Acht nehmen, das spürte ich instinktiv.

»Was darf's sein?«

Ihre Freundlichkeit ließ zu wünschen übrig. Ich musste sie

im Auge behalten. Wenn sie in der nächsten Minute dem Wirt etwas ins Ohr tuschelte oder zum Telefonhörer griff, wurde es Zeit, die *Wattrose* zu verlassen.

Ich bestellte einen Tee und sah ihr besorgt nach, wie sie in der Küche verschwand. Es wäre mir lieber gewesen, sie hätte sich meinem Blick nicht entzogen. Ob sie in der Küche wirklich nur nach heißem Wasser und einem Teebeutel fragte?

In diesem Augenblick streifte mich Maiks Blick, wanderte weiter, zuckte zu mir zurück, ruhte für ein paar beunruhigende Augenblicke auf meinem Gesicht, dann wandte er sich wieder dem Gast zu, der vor der Theke stand. Erst als der abgefertigt war, sah er wieder zu mir, diesmal länger, aufmerksamer.

Ich versuchte, seinem Blick standzuhalten, aber es gelang mir nicht. Dass in meiner Handtasche mal wieder ein Hahn zu krähen begann, kam mir diesmal gut zupass. Eilig kramte ich mein Handy aus der Tasche, um es zum Schweigen zu bringen, dabei musste ich Maik nicht ansehen. Aber dass er mich währenddessen beobachtete, glaubte ich ganz sicher.

Babette! Ich nahm mir vor, sie so bald wie möglich anzurufen. Am besten noch während der Rückfahrt ins Hotel. Sie hatte ein paar aufmunternde Worte wirklich verdient und für mich vielleicht aufschlussreiche Informationen über den Stand meiner Verfolgung. Außerdem musste ich unbedingt mit ihr besprechen, wie die nahe Zukunft aussehen sollte. Das Konzert in München würde sie absagen müssen, auch wenn die Begründung noch so fadenscheinig ausfiel und die Konventionalstrafe hoch war, und sämtliche Interviewtermine und die nächste Talkshow ebenfalls. Ich musste abwarten, was der Prinz von und zu Salenburg plante und wie Konrad Kipps Rache aussah. Bevor ich nicht wusste, was mich erwartete, würde mich niemand zu Gesicht bekommen, und keine voreilige Stellungnahme sollte aus mir herausplatzen, ehe ich wusste, welche Folgen sie haben würde. Vermutlich würde Babette mir mit der Auflösung unseres Vertrages, später mit Selbstmord und am Ende sogar mit Mord drohen, aber ich war sicher, dass ich mich trotzdem auf sie verlassen konnte. Und das, obwohl ich nach wie vor nicht bereit war, ihr meinen Aufenthaltsort zu verraten.

Als dem Hahn das Krähen endlich im Halse stecken geblieben war, blickte ich wieder auf – und konnte gerade noch sehen, wie Maiks Augen von mir wegflogen. Warum hatte er mich beobachtet? Weil ich ihm gefiel? Weil er mich erkannt hatte? Oder weil ihm gefiel, dass ich eine entfernte Ähnlichkeit mit Emily Funke hatte?

Die Kellnerin servierte mir meinen Tee, dem ich mich unverzüglich und gründlich widmete. Ich süßte ihn gewissenhaft und rührte so lange in der Tasse herum, bis sich nicht nur der Kandis, sondern auch die Frage aufgelöst hatte, warum ich eigentlich hier saß. Okay, ich sah Maik wieder, doch was brachte es mir ein? Ich hatte bestätigt bekommen, dass er noch immer ein Mann war, der mir gefiel, aber zeigen durfte ich es ihm nicht. Wenn ich auch sicher war, dass er mich niemals verraten würde, so wusste ich doch nichts von seinen Lebensumständen. Vielleicht war diese Kellnerin seine Frau? Die würde sofort die Bildzeitung anrufen, wenn ihr ein Verdacht käme, da war ich mir sicher.

»Evelyn, sag deinem Chef, er soll uns eine Runde Bommerlunder fertigmachen!«

Aha, also doch nicht seine Frau! Obwohl es mir eigentlich egal sein konnte, freute ich mich. Diese attraktive, dralle Person mit dem herausfordernden Gang und den flinken Augen hätte ich nicht gern an Maiks Seite gesehen.

Mit den Bommerlundern wurden am Nebentisch auch die Speisekarten serviert. »Was empfiehlst du uns? Was kann die neue Köchin besonders gut?«

»Alles«, antwortete die Kellnerin. »Sie kann genauso gut kochen wie Frau Wanner.«

»Auch die friesische Fischpfanne?«

»Auch die.«

»Also gut. Dann wollen wir es mal mit ihr versuchen! Schlimm genug, dass Maiks Frau jetzt für die Konkurrenz kocht. Kann ja nicht angehen, dass ihm nach der Ehefrau auch noch die Gäste untreu werden und ihn verlassen.«

Schlagartig fühlte ich mich sehr unwohl. So, als wäre mir etwas zugetuschelt worden, was mich nichts anging, was ich nicht wissen durfte, was Maik mir selbst hätte sagen müssen. Etwas Bedeutungsvolles, was seine Bedeutung in dem Augenblick verlor, als der Falsche es aussprach.

»Zahlen bitte!«

Ich wollte weg! Raus aus Maiks Augen, der nicht wusste, was ich soeben erfahren hatte. Wenn er es wenigstens mitangehört hätte! Wenn er gewusst hätte, was mir zugetragen worden war! Dann hätte er entscheiden können, ob sein nachdenklicher Blick angemessen war oder ob er seinen Gästen lieber abweisend, kühl oder traurig begegnen wollte. Er aber ahnte nicht, was ich gehört hatte, und leitete die Bestellung der Kellnerin gleichmütig an die Küche weiter. Und ich saß da wie ein Zaungast, der sich schämte.

Als ich zahlte, wurde sein Blick noch nachdenklicher. Und während ich der Kellnerin ein unangemessen hohes Trinkgeld gab, drehte er sich zu der Musikanlage um, die bis dahin still gewesen war. Vielleicht hatte ich Glück und konnte die *Wattrose* verlassen, ohne dass er mir einen Abschiedsgruß nachrief, ohne dass ich gezwungen war, ihn ein letztes Mal anzusehen. Und vor allem, ohne dass ich Angst vor dem Aufblitzen seiner Augen hatte!

Ich schloss die Jacke bis zum Kinn und hätte mir am liebsten auch noch die Kapuze über den Kopf gezogen, um unerkannt aus der Tür zu huschen, da kam aus dem Lautsprecher der Musikanlage: »Deine Spuren im Sand, die ich gestern noch fand, hat der Wind mitgenommen ...«

Howard Carpendale, der eine Frage aussprach, die Maik sich nicht zu stellen traute? Er sah mich nicht an, sondern begann die Gläser zu spülen, die seine Kellnerin ihm hingestellt hatte. Und ich saß da, starrte auf seine Hände und fühlte, wie mir die Antwort auf Maiks Frage in die Augen stieg. Noch hatte ich nicht entschieden, ob ich sie einfach wegwischen oder die Wangen herunterlaufen lassen sollte, da öffnete sich die Tür der *Wattrose*, und ein Mann trat ein, den ich kannte ...

## 7.

Als er seine Hemden in den alten Schrank mit den knarrenden Türen hängte, warf Berno einen Blick aus dem Fenster und sah ihn. Er hatte nicht damit gerechnet, dass Alex am Abend noch das Haus verlassen würde. Erwachsene Kinder, die ihre Eltern besuchten, widmeten ihnen den Abend, aßen mit ihnen etwas, was früher angeblich ihr Leibgericht gewesen war, tranken viel, um den Fettgehalt des Essens zu kompensieren, um ihre Cholesterinwerte zu vergessen und die Erinnerungen auszuhalten, die zu einem solchen Abend gehörten, obwohl sie alles andere als neu waren. So jedenfalls lief ein Abend bei Bernos Eltern ab, und er hatte angenommen, dass es Alex nicht anders ging. Doch der alte Traum war anscheinend toleranter als Bernos Vater. Der ließ nie zu, dass sein Sohn einen Besuch bei den Eltern für berufliche Zwecke nutzte. Für die beiden, die ihren Lebensabend auf Mallorca verbrachten, war es eine persönliche Beleidigung, wenn Berno mit der Kamera loszog, weil er gehört hatte, dass ein führender CDU-Politiker mit seiner Geliebten das Ferienhaus von Claudia Schiffer für seine Zwecke nutzen wollte. Alex' Vater war da anscheinend anders. Wenn sein Sohn ihm erklärt hatte, dass der Chefredakteur den Urlaub nur unter der Bedingung bewilligt hatte, dass er Fotos von Promis mitbrachte, dann hatte er wohl Verständnis dafür.

Berno beobachtete, wie Alex die Haustür ins Schloss zog, dann fiel ihm auf, dass hinter den Fenstern kein Licht mehr brannte. Alex' Vater war augenscheinlich nicht daheim. Berno seufzte auf und schob eilig die Schranktüren zu. Seine Eltern verplanten jede Stunde seines Besuchs auf Mallorca, und selbst wenn sie keinen Spaziergang, kein gemeinsames Baden im Meer und keinen Besuch bei ihren Nachbarn vorgesehen hatten, bestanden sie darauf, dass ihr Sohn sich mit ihnen gemeinsam langweilte.

Berno warf sich eine Jacke über und huschte an der Wohnzimmertür der Tornsens vorbei, hinter der Günther Jauch eine kniffelige Frage stellte, über deren Beantwortung sich Herr und Frau Tornsen prompt in die Haare gerieten. So hörten sie nicht das Geräusch der Haustür und kamen nicht auf die Idee, Berno mit überflüssiger Konversation aufzuhalten.

Alex verschwand gerade um die Ecke, als Berno auf die Straße trat. Eine Kamera schien er nicht dabei zu haben. Aber selbst, wenn Alex Traum nicht auf Promi-Jagd war, konnte es passieren, dass ihm Emily über den Weg lief, die sich ausgerechnet auf Sylt besonders sicher fühlen musste.

Dort, wo sie sich auskannte wie kein zweiter! Berno musste unbedingt verhindern, dass ein Reporter wie Alex, der sie gar nicht suchte, hier zufällig fand!

Unauffällig folgte er Alex. Als der jedoch auf die Tür einer Gaststätte zuging, blieb Berno zurück. Wenn Alex sich in der *Wattrose* mit alten Freunden traf, bestand keine Gefahr für Emily.

Berno ging an dem Restaurant vorbei, bis zur nächsten Straßenecke, kehrte dann um und beschloss, vorsichtshalber einen Blick in den Gastraum zu werfen, ehe er zurück in sein unbehagliches Zimmer gehen und an Emily denken würde. An alles, was sie ihm je über ihre Kindheit in Keitum erzählt hatte, an alles, was ihm helfen konnte, sie zu finden und zu beschützen.

Er ging zu der Hausecke, die am weitesten vom Eingang der *Wattrose* entfernt war. Dort gab es ein großes Fenster. Wenn er Glück hatte, konnte er Alex dabei beobachten, wie er sich im Kreise alter Jugendfreunde niederließ. Dann würde Berno sich beruhigt ins Bett legen, weil er davon ausgehen konnte, dass Alex Traum seine Pflichten als Reporter der *Close Up* an diesem Tag vergessen hatte.

Tatsächlich sah er Alex sofort, als er einen Blick durch das Fenster warf. Er begrüßte gerade eine Blondine, die Berno nur von hinten sehen konnte, und ließ sich an ihrem Tisch nieder. Berno nickte zufrieden. Ein Treffen mit einer Frau war genauso gut wie ein Wiedersehen mit Jugendfreunden. Alex würde für diesen Abend beschäftigt sein, soviel stand fest.

Berno wollte sich gerade abwenden und zurückgehen, da sah er den Mann. Er hatte sich hinter einem Busch verborgen und schien jemanden zu beobachten, der in der *Wattrose* saß. Nun bog er die Zweige des Busches auseinander, um einen besseren Blick auf das Geschehen in der Gaststätte zu haben. So konnte Berno erkennen, dass es kein junger Mann war. Er hatte hellgraue Haare, auch sein Bart war grau. Und die Hände, die die Zweige auseinander bogen, waren dick geädert. Die Hände eines alten Mannes.

Zunächst konnte ich nur an das Positive denken: Alex Traum nahm Maik die Möglichkeit, mich zu betrachten. Wenn er erkennen wollte, welche Wirkung das Lied auf mich hatte, dann war ihm das nun nicht mehr möglich, denn Alex' breite Gestalt nahm ihm die Sicht auf mich. Das erleichterte mich derart, dass mir sogar der Gedanke kam, den Traummann einzuladen, an meinem Tisch Platz zu nehmen.

Ehe ich diesen Gedanken schleunigst wieder verwerfen konnte ... saß er mir schon gegenüber. Die Idee, dass mir seine Gegenwart lästig sein könnte, kam ihm anscheinend nicht. Klar, so waren diese Reporter. Schamlos, wenn es darum ging, eine Sensation aufzuspüren.

»Hey, Lieschen«, strahlte er. »Wer hätte gedacht, dass wir uns so schnell wiedersehen? Was für ein Zufall! Wohnen Sie auch in Keitum?«

Ich bewegte vage den Kopf hin und her und versuchte, an seinem linken Ohr vorbeizublinzeln. Maik schien sich aufs Zapfen zu konzentrieren. Wenn mein Anblick irgendwelche Erinnerungen in ihm ausgelöst und ihn sogar bewogen hatte, das Lied zu spielen, bei dem wir uns zum ersten Mal geküsst hatten, dann sah man ihm das zumindest nicht an. Oder glaubte er nun, sich geirrt zu haben, weil sich ein Mann zu mir setzte, der mich Lieschen nannte?

»In welchem Hotel sind Sie abgestiegen? Oder haben Sie eine Ferienwohnung gemietet?«

Der Traummann blickte mich so unschuldig an, als wäre

er Briefträger und kein Reporter und als interessierten ihn an mir nur meine blonden Haare. Wie lange wollte er mir eigentlich noch weismachen, dass er mir meine Maskerade abnahm? Wurde ich vielleicht längst mit einer verborgenen Kamera fotografiert und fand mich morgen mit dieser blonden Perücke auf irgendeinem Titelblatt wieder?

»Ich wollte darauf achten, in welche Richtung Sie fahren. Aber dann habe ich Sie bald aus den Augen verloren.«

Lügner! Geflohen war ich! Abgehängt hatte ich ihn! Oder ... bildete ich mir das nur ein? Hatte er mir im Hotel Roth aufgelauert und war mir dann nach Keitum gefolgt?

›... deine Liebe sie schwand wie die Spuren im Sand ...‹

Die Kellnerin kam an den Tisch und fragte Alex nach seinen Wünschen. Zuvorkommend zählte sie ihm sämtliche Biersorten auf, die das Haus zu bieten hatte, und nickte dann gnädig, als hätte Alex sich mit der Entscheidung für ein Bitburger als Feinschmecker erwiesen. Dann sah sie mich an, und die Freundlichkeit wich aus ihrem Blick. »Wollen Sie auch noch was?«

Anscheinend sollte mir suggeriert werden, dass jemand, der die Rechnung bezahlt hatte, augenblicklich das Haus zu verlassen hätte. Ich ärgerte mich prompt über das Trinkgeld, das ich ihr gegeben hatte.

»Auch ein Bier?«, fragte Alex mich. »Ich lade Sie ein.«

Glaubte er wirklich, er könnte sich in mein Vertrauen schleichen, indem er mir ein Bier spendierte? Wenn ich genau wüsste, woran ich bei diesem Alex Traum war, würde ich ihm jetzt was erzählen. Aber hallo!

»Ich wollte gerade gehen«, sagte ich stattdessen und ärgerte mich über die Zufriedenheit, mit der die Kellnerin ihren Block in die Schürzentasche steckte und zur Theke ging.

»Warum haben Sie es so eilig?«, fragte Alex Traum.

»Ich habe eine Verabredung«, behauptete ich und warf einen schnellen Blick zur Theke.

›... ich weiß nicht, wann du anfingst, ohne mich den Strand entlangzugehen ...‹

Das Telefon, das hinter Maik stand, klingelte. Er nahm den Hörer ab, griff dann nach einem dicken Reservierungsbuch und sah so aus, als wäre er in den nächsten Augenblicken beschäftigt.

›... und wann ich dich danach fragte, stumm an mir vorbei zu sehen ...‹

»Es wird Zeit«, erklärte ich schnell.

»Sehen wir uns wieder?«

Ich zögerte. »Schreiben Sie mir Ihre Nummer auf«, sagte ich dann. »Ich rufe Sie an.«

So war er am leichtesten abzuschütteln. Dass er lange auf meinen Anruf warten konnte, ahnte er vielleicht, aber möglich, dass er auch zu denen gehörte, die nicht daran glauben mochten, dass ihre Telefonnummer im nächsten Gully landete. Egal! Hauptsache, ich war diesen Traummann los! Und wenn er mir in den nächsten Tagen erneut über den Weg lief, dann war der Beweis erbracht, dass er mich beschattete. Vielleicht sollte ich schon morgen das Hotel wechseln und mir eine neue Verkleidung überlegen? Oder die Insel wieder verlassen?

Er suchte in den Taschen seines Jacketts herum, dann zog er mehrere Zettel hervor, die verschiedene Notizen enthielten. Auf keine von ihnen wollte er verzichten. Schließlich fand sich ein Blatt, das nur zur Hälfte beschrieben war. Alex Traum versah es mit einem Knick, den er mit dem Daumennagel gründlich schärfte, dann gelang es ihm, entlang dieses Knicks die untere Hälfte des Blattes abzutrennen. Zufrieden betrachtete er sein Werk, dann schrieb er seine Telefonnummer darauf. »Auf Sylt bin ich nur übers Handy zu erreichen. Wenn ich nicht abnehme, sprechen Sie mir auf die Mailbox!«

Damit er später seinem Chefredakteur vorspielen konnte, was Emily Funke für ihn hinterlassen hatte? Darauf konnte er lange warten!

›... bis man die Wahrheit versteht, ist es nicht selten zu spät ...‹

Maik blätterte noch immer in seinem Reservierungsbuch. Ich wünschte Alex einen angenehmen Abend, nickte, als er versicherte, er freue sich auf ein Wiedersehen, und nestelte an meinen Hosenbeinen herum, während ich auf die Tür zuhielt. Ob Maik aufblickte, als ich an der Theke vorbeiging, ob er mir nachsah, bis sich die Tür hinter mir geschlossen hatte, wusste ich nicht zu sagen, nachdem ich wieder auf die Straße getreten war. Am liebsten hätte ich mich noch einmal auf den Rand des Kellerschachts gestellt, um durch das schmale Fenster zu blicken und zu beobachten, ob er auf die geschlossene Tür starrte, die Musik abstellte oder sich gar über die Augen wischte. Aber das kam schon deswegen nicht in Frage, weil ein weiterer Gast nach mir die *Wattrose* verließ, dem ich nicht durch befremdliches Verhalten auffallen wollte.

Er brachte Howard Carpendales Stimme mit: ›... deine Spuren im Sand, die ich gestern noch fand ...‹

Die Tür fiel ins Schloss, der Gast drängte sich an mir vorbei und ging mit schnellen Schritten die Straße hinab. Als sie verklungen waren, wurde es still um mich. Langsam ging ich auf mein Auto zu. Während ich den Schlüssel aus meiner Tasche suchte, hätte ich mich gern umgedreht, um zu sehen, ob Maik mir durch das schmale Fenster nachblickte. Meine Hände zitterten, als ich mir vorstellte, unsere Blicke würden sich treffen, jeder von uns hätte sich verraten, und beide wüssten wir, dass ich dann nicht mehr wegfahren und er nicht hinter der Theke stehen bleiben konnte.

Der Zettel mit der Handynummer flatterte zu Boden, noch ehe ich meinen Autoschlüssel gefunden hatte, und ich bückte mich ärgerlich, um ihn aufzuheben. Als ich nach ihm griff, fiel mir ein, dass es besser gewesen wäre, ihn einfach liegen zu lassen. Ich würde die Nummer sowieso nicht wählen! Doch als ich ihn in der Hand hielt, war ich froh, den Zettel aufgenommen zu haben. Zufällig hielt ich ihn so in Händen, dass seine Rückseite zu lesen war. Es handelte sich um einen Notizzettel, auf dem der Aufdruck von Alex Traums Arbeitgeber prangte. Der Name der Zeitung, für die er schrieb, war zwar nicht zu erkennen, den hatte er abgerissen, aber die Hamburger Adresse kannte ich gut. Und wenn ich genau hinsah, konnte ich sogar erkennen, dass der letzte Buchstabe der Zeitung ein P war. Es gab keinen Zweifel, Alex Traum war Reporter der *Close Up*.

Berno ging langsam die Süderstraße hinab, den Blick in die gegenüberliegenden Gärten gerichtet, damit der alte Mann keinen Verdacht schöpfte. Dann passierte er einige geparkte Autos, machte einen Schritt zwischen zwei PKWs und duckte sich. So stand er eine Weile da, bis er wieder einen Schritt auf die Straße wagte. Der alte Mann war nicht zu sehen, anscheinend kauerte er noch immer hinter dem Busch im Garten der *Wattrose* und beobachtete jemanden im Gastraum. Einem Fotografen, der für die Klatschpresse arbeitete und es gewöhnt war, pikante Geheimnisse aufzudecken, kam so etwas natürlich spanisch vor. Und wer sein Geld damit verdiente, sich in fremde Leben zu mischen, tat es auch dann ganz automatisch, wenn es auf den ersten Blick keine Schlagzeile versprach. Berno war neugierig, von Natur aus und vor allem von Berufs wegen. Er wollte wissen, wen der alte Mann beobachtete. Es war ihm so vorgekommen, als hätte er Alex Traum im Auge gehabt oder die Blondine, mit der Alex sich getroffen hatte.

Nun trat sie gerade aus der *Wattrose*. Berno huschte ihr ein paar Meter entgegen, bis sich erneut ein Wagen fand, hinter den er sich ducken konnte. Wirklichen Schutz bot er nicht, aber er hoffte trotzdem, dass er der jungen Frau nicht auffiel. Und dem alten Mann auch nicht, der glauben musste, dass er sich längst entfernt hatte.

Berno beugte vorsichtig den Oberköper vor, nun sah er die junge Frau vor einem dunklen Golf stehen. Sie suchte in ihrer Tasche herum, die die Ausmaße eines Kartoffelsacks hatte. Warum trugen Frauen diese riesigen Taschen mit sich herum? Sie sahen aus, als hätten sie ihr wichtigstes Hab und Gut bei sich, falls während ihrer Abwesenheit zu Haus ein Brand ausbrach oder sie sich spontan entschlossen, nach Neuseeland auszuwandern.

Berno behielt die junge Frau fest im Auge, während er im Schatten des Hauses noch näher heranschlich. Ihre Bewegungen waren ihm seltsam vertraut, die Art, wie sie die Tasche auf dem angehobenen Oberschenkel absetzte und mit angewinkeltem Ellbogen darin herumwühlte. Dann fiel ihr etwas aus der Hand, und sie ging in die Knie, um es aufzuheben. Flink und mühelos. Als sie sich wieder erhoben hatte, dehnte sie kurz die Schultern, streckt die Ellbogen nach hinten. Auch das war ihm vertraut. Aber die blonden Haare waren ihm fremd. Und er gehörte nicht zu den Männern, die Frauen mit langen blonden Haaren nachschauten.

Doch in diesem Moment hörte er es. Das Geräusch fuhr ihm schmerzhaft in die Ohren, obwohl es nicht laut war. Er kannte es. Nur einen Menschen gab es, der ein Handy besaß, das einen Anruf mit einem krähenden Hahn meldete. Nun sah er, wie sie das Gespräch annahm. Ihre Stimme konnte er nicht hören, aber das war auch nicht nötig. Er wusste, dass er Emily vor sich hatte. Emily mit einer Perücke! Emily, die gekleidet war wie eine x-beliebige Frau undefinierbaren Alters. Emily, total verändert! Aber doch ganz eindeutig Emily!

Warum hatte sie sich mit Alex getroffen? Wie konnte sie sich einerseits auf Sylt verstecken und andererseits Alex Traum ein Interview geben? Sollte das eine Exklusiv-Story werden? Nein, das hätte Piet Röder ihm gesagt. Er schickte nicht Berno Kaiser los, wenn Alex Traum bereits auf Emily Funkes Spur und ein Exklusiv-Vertrag in Sicht war! Das konnte nur eins bedeuten: Alex Traum hatte Emily zufällig gefunden, ehe Berno es verhindern konnte, und der Chefredakteur wusste noch nichts davon.

»Verdammt, verdammt!«, flüsterte Berno.

Warum ließ Emily sich ausgerechnet auf Alex Traum ein? Die Antwort erschien vor ihm, noch ehe er die Frage zu Ende gedacht hatte: Sie wollte sich an ihm rächen. Die *Close Up* sollte die Super-Story bekommen, aber nicht durch Berno Kaiser, sondern durch Alex Traum. Nicht der gewiefte Fotograf, der schon alle möglichen Promis aufgespürt hatte, sondern der Reporter, der bisher als einer der unfähigsten der Redaktion gegolten hatte! Das wusste Emily. Und natürlich wusste sie auch, was Piet Röder davon halten würde, wenn ausgerechnet Alex das erreichte, was Berno Kaiser nicht gelang.

Mit brennenden Augen beobachtete er, wie Emily in den Wagen stieg und ihn startete. Sie fuhr langsam an, sehr langsam, und Berno konnte im Gegenlicht einer Straßenlaterne erkennen, warum. Sie hatte das Handy am Ohr und telefonierte.

Gerade wollte er zurückgehen zum Hause Tornsen, um sich dort zu überlegen, was nun zu tun war, da sah er den alten Mann. Er kam aus dem Garten gelaufen, so schnell ihn seine steifen Beine trugen. Er sah nicht nach rechts oder links, nun schien es ihm gleichgültig zu sein, ob er gesehen wurde. Er lief zu einem Motorrad, das vor einem Nachbarhaus stand, wo es dunkel und das alte Ding kaum zu sehen war, ließ den Helm am Lenker hängen, schwang sich mit erstaunlicher Behändigkeit auf den Sattel und ließ den Motor losknattern. Berno lief ihm bis zur Straßenecke nach, dann konnte er sehen, dass das Motorrad bereits drauf und dran war, den dunklen Golf einzuholen.

Schwer atmend stand er da und starrte auf den Punkt, wo beide verschwunden waren, der Golf und das Motorrad. Was ging hier vor? Wer war dieser Mann? Ein Kollege von der Konkurrenz? Nein, dazu war er zu alt, mindestens siebzig! Oder ein frei arbeitender Journalist? Berno litt unter einem Gefühl, das ihn noch nie gequält hatte: Er hatte beruflich versagt! Wenn sogar eine Niete wie Alex Traum ihm zuvorkam und ein rund Siebzigjähriger schneller war als er, dann würde Röder bald einen Grund finden, um ihn abzuservieren.

Berno drehte sich um und ging mit hängendem Kopf zurück. Was war das, was da hinter seiner Stirn rumorte? Ärger, Enttäuschung, Wut? Oder kündigte sich so etwa ein Schlaganfall an? Wie gut wäre es, jetzt Emily neben sich zu haben, die ihn lachend einen Hypochonder nennen und ihm so jegliche Angst nehmen würde, die er um seine Gesundheit hatte. Sie hatte nie an die Möglichkeit gedacht, krank zu werden, während er sich ständig um sein Wohlergehen sorgte.

Tief durchatmen!, sagte er sich. Vielleicht war es ja doch nichts anderes als ein besonders böses Stress-Symptom. Dann halfen ein paar Yoga-Übungen, die er nach der Trennung von Emily gelernt hatte, weil ihm ein Kollege erzählt hatte, dass er mit Yoga sogar darüber hinweggekommen war, dass seine Freundin ihn nicht nur verlassen, sondern seine gesamte Einrichtung, seine Barschaft und sogar seine Briefmarkensammlung mitgenommen hatte. Ob er auf der wippenden Matratze seines Bettes zur inneren Ruhe kommen und seine Mitte finden konnte, wusste er zwar nicht, aber die Aussicht auf den Sonnengruß und seine befreiende Wirkung taten ihm jetzt bereits gut.

Als er in seinem Zimmer angekommen war, sah er, dass auf seinem Handy ein Anruf eingegangen war. Von Piet Röder! Wollte er ihm sagen, dass Alex Traum ganze Arbeit geleistet und Emily Funke überredet hatte, mit der *Close Up* einen Exklusiv-Vertrag abzuschließen? Und dass sein bisher bester Mann ihn schwer enttäuscht hatte?

Berno nahm das Handy und warf es aufs Bett, ohne die Mailbox abzuhören. Es verschwand in den Kissenbergen, die Frau Tornsen auf seinem Bett aufgetürmt hatte. Das Zirpen, das eine Mailboxnachricht ankündigte, war kaum zu hören.

## 8.

»Sag mir sofort, wo du bist!«
Diese Forderung hatte Babette, als ich aus Keitum herausgefahren war, mindestens ein Dutzend Mal an mich gerichtet. Von Mal zu Mal schärfer und herrischer. Während

ich die Keitumer Landstraße befuhr und den Flugplatz rechts liegen ließ, behauptete sie sogar: »Als deine Agentin habe ich ein Recht darauf zu erfahren, wo du bist!«

Mir reichte es nun. »Ja, du bist meine Agentin und sogar meine Freundin. Aber du bist auch geschwätzig wie keine Zweite. Also bleibt es dabei: Du erfährst nicht, wo ich bin.«

Hinter mir knatterte ein altes Motorrad, ich hatte Mühe, Babette zu verstehen. Kurzentschlossen fuhr ich rechts ran und atmete auf, als das Vehikel mich überholte.

»Hast du was gesagt?«

»Nein! Mir hat's die Sprache verschlagen!«, fauchte Babette in den Hörer.

»Dann kannst du mir wenigstens zuhören!« Ich hatte nun die Enttäuschung heruntergeschluckt, hatte die Tränen ins Taschentuch geschnaubt und konnte Babette einigermaßen gefasst erklären, dass die *Close Up* mir auf den Fersen war. »Berno hat einen Kollegen hinter mir hergeschickt.«

»Berno? Wieso schickt der einen Kollegen, statt selbst hinter dir herzufahren?«

»Liegt das nicht auf der Hand? Berno würde von mir kein Wort erfahren.«

»Und woher weiß er, wo du bist?«

»Weil er mich besser kennt als alle anderen.«

»Sogar besser als ich?«

»Wir beide haben noch nie stundenlang im Bett gelegen und uns gegenseitig unser Leben erzählt.«

Babette grunzte verächtlich. Nach ihren letzten drei dramatisch gescheiterten Beziehungen war ihr der Sinn für Romantik verloren gegangen. Und dass mit ihnen auch der Beweis erbracht worden war, wie leicht man sie hinters Licht führen konnte, war für sie ein zusätzliches Ärgernis. Denn ihre drittletzte Liebe hatte sich als bisexuell erwiesen, ihre

zweitletzte als verheiratet und ihre letzte sogar als Heirats-
schwindler. Und das jeweils gerade dann, wenn Babette ihre
Skepsis in den Wind gepustet und aller Welt zugeschrien
hatte, das sie nun endlich den Mann fürs Leben gefunden
habe. Seitdem war sie auf Männer nicht mehr gut zu sprechen. Berno nannte sie sogar einen Betrüger, Halunken und
Halsabschneider, der sich nur an mich herangemacht hatte,
um später mit intimen Details eine Schlagzeile zu produzieren. Obwohl ich ihr in allen Punkten zustimmte, ertrug ich
es nach wie vor nur schwer, wenn sie an Berno kein gutes
Haar ließ. Die Erinnerung an ihn saß noch immer direkt
hinter meiner Stirn, sie war das Feuchte in meinen Augen,
die Hitze, die in meine Wangen stieg.

Wie konnte er mich ein zweites Mal verraten?

»Wo immer du bist, du musst da weg!«, sagte Babette.

Weg von Sylt? Weg von Maik? Weg von meinen Erinnerungen?

»Wenn es nicht schon zu spät ist! Hast du diesem Alex
Traum irgendwas verraten?«

»Nein! Er nennt mich Lieschen und hat über Emily Funke
kein Wort verloren.«

»Das bedeutet gar nichts. Vermutlich ist Berno ständig in
eurer Nähe und fotografiert.«

Ich dachte nach. »Das kann ich mir nicht vorstellen.«

Babette lachte verächtlich. »Willst du immer noch nicht
wahrhaben, dass Berno Kaiser ein Mistkerl ist?«

Doch, das glaubte ich natürlich. »Aber er wäre mir aufgefallen!«

Ein kleines Licht kam mir nun entgegen, das Geräusch
folgte kurz darauf. Es war das Knattern eines alten Motorrades. Langsam fuhr es in die Richtung, aus der ich gekommen war. Kurz darauf wurde ich von seinem Scheinwerfer ge-

blendet, und im selben Augenblick drosselte der Fahrer das Tempo.

»Ich glaube, ich werde verfolgt«, flüsterte ich. »Ein Motorradfahrer! Er hat mich vor ein paar Minuten überholt. Jetzt ist er anscheinend zurückgekehrt, um zu sehen, wo ich bleibe!«

»Berno?«, fragte Babette aufgeregt.

»Keine Ahnung.« Ich starrte dem Rücklicht nach. Dann plötzlich erlosch es. War der Fahrer irgendwo abgebogen? Oder in eine Kurve gefahren?

»Die Straße ist schnurgerade«, stieß ich hervor. »Ich glaube, er ist stehengeblieben und hat das Licht ausgemacht.«

»Hau ab!«, schrie Babette.

»Ja, ich fahre sofort ins Hotel zurück!«

»Und pack deine Sachen und verschwinde!«

»Okay.«

»Ruf mich an, wenn du in Sicherheit bist!«

»Okay.«

»Und wenn du noch einmal meinen Anruf wegdrückst, sind wir geschiedene Leute! Verstanden?«

Ich warf das Handy auf den Beifahrersitz und fuhr an. Prompt blitzte weit hinter mir ein Licht auf, das sich zügig näherte. Ich gab Gas, das Licht folgte mir. Dann ließ ich die Seitenscheibe herunter, nahm den Fuß vom Gas und lauschte. Ja, schwaches Knattern war zu hören. Es musste das alte Motorrad sein, das mir aus Keitum gefolgt war. Berno, der mich jagte? Berno, der Alex Traum auf mich angesetzt hatte?

Es war, als hörte ich seine Stimme: »Wieg sie in Sicherheit! Sei nett zur ihr! Dann erzählt sie dir irgendwann alles! So habe ich es auch gemacht!«

Die Erinnerung an ihn lief mir die Wangen hinab, sie

schmeckte salzig und machte mich blind. Ich musste eine Hand vom Steuer nehmen, um alles wegzuwischen, was mich an Berno erinnerte. Dieser Schuft! Dieser Verräter! Wie hatte ich diesen Mann lieben, wie hatte ich ihm vertrauen können! Maik hätte niemals derart mein Vertrauen missbraucht. Er war anders als Berno, ganz anders ...

Als ich vor dem Hotel Roth anhielt, hörte und sah ich das Motorrad nicht mehr. Hastig stieg ich aus und lief auf den Hoteleingang zu. Diesmal wollte ich darauf verzichten, um das Gebäude herum in die Passage zu gehen und von dort in mein Apartment. Jetzt wollte ich nur möglichst schnell verschwinden! Also runter von der Straße und rein ins Hotel!

In der Tür drehte ich mich um und blickte zurück. Niemand war mir gefolgt. Hatte ich den Motorradfahrer abgehängt? Glauben konnte ich es nicht. Wenn es wirklich Berno gewesen war, der mir folgte, dann wusste er vermutlich längst, wo ich wohnte. Dann war er mir nur so lange gefolgt, bis er sicher sein konnte, dass heute kein spektakuläres Foto mehr von mir zu machen war. Was mochte er bereits im Kasten haben? Emily Funke in hässlicher Verkleidung und unansehnlicher Perücke beim Einkauf in einer Parfümerie! Emily Funke am Grab ihrer Eltern! Emily Funke in einem Keitumer Restaurant! Am Montag würde die *Close Up* voll von diesen Fotos sein. Und dann hielt ich mich besser irgendwo auf, wo Berno mich nicht vermutete! Im Bayerischen Wald oder in der Lüneburger Heide.

In diesem Augenblick knatterte das Motorrad auf den Parkplatz der Sylter Welle. Wie erstarrt blieb ich stehen, als der Fahrer abstieg. Sein Helm baumelte am Lenker, als hätte er keine Zeit gehabt, ihn aufzusetzen, als er losgefahren war. Er fuhr sich durch die Haare, und ich sah, dass sie weiß waren. Und nun erkannte ich auch an seinen Bewegungen, dass er kein junger Mann mehr war. Seine Kniegelenke schienen ihm zu schaffen zu machen, und er hob sein rechtes Bein an, als wäre es während der Fahrt steif geworden und müsste sich erst wieder an seine eigentliche Aufgabe gewöhnen. Nun schien ihm mein Auto aufzufallen. Er betrachtete es eine Weile, dann setzte er seinen Helm auf, hob sein rechtes Bein über den Sattel und startete den Motor wieder. Ich wandte mich ab und betrat das Hotel. Sah ich etwa schon Gespenster?

Kopfschüttelnd durchquerte ich die Lobby, in der viel los war. Zahlreiche Männer saßen in den Sesseln und einige Frauen. Dass es mehrere gab, die sich eine Kamera umgehängt hatten, und sogar einige, die mit Stativen hantierten und die Lichtverhältnisse in der Lobby überprüften, fiel mir zu spät auf.

Wie angewurzelt blieb ich stehen, als ich den Portier verzweifelt rufen hörte: »So glauben Sie mir doch! Emily Funke ist nicht bei uns abgestiegen!«

Berno stand am Fenster und starrte hinaus. Frau Tornsen hatte ihn soeben darüber in Kenntnis gesetzt, dass ihr Mann zu Bett gehen wolle, was bedeute, dass das Bad in der nächsten halben Stunde besetzt sei. Wenn Herr Kaiser also ein dringendes Bedürfnis verspüre, dann möge er sich jetzt darum kümmern oder bereitwillig eine halbe Stunde damit warten. Selbstverständlich, so ergänzte Frau Tornsen eilig, sei sie aber bereit, ihren Mann zu ermahnen, sich mit seiner Abendtoilette zu beeilen, denn ein Feriengast ginge in diesem Hause immer vor.

Eilig hatte Berno sie aus dem Zimmer geschoben mit der Zusicherung, bei ihm pressiere nichts, aber auch gar nichts. Daraufhin hatte sich Frau Tornsens Miene sorgenvoll verzogen. Die Toilettenspülung sei sehr laut, hatte sie Berno verraten und ihn ermahnt, sie zum letzten Mal zu benutzen, solange sie und ihr Mann noch nicht eingeschlafen seien. Danach müsse er nach einer anderen Lösung suchen. Wie die aussehen sollte, danach hatte Berno vorsichtshalber nicht gefragt. Die Sorge, dass ihm ein Eimer angeboten würde, war zu groß und erst recht die Angst vor seiner eigenen Reaktion, wenn er gezwungen sein sollte, mit Frau Tornsen den Eintritt dieser Möglichkeit zu diskutieren. So hatte er ihr nur mit mühsam unterdrücktem Zorn mitgeteilt, dass ihm das Wetter nicht gut genug sei für einen längeren Aufenthalt auf Sylt, dass er sich bei mehreren aufeinanderfolgenden Regentagen mit großer Wahrscheinlichkeit eine Bronchitis holen würde, die bei seinem geschwächten Allgemeinzustand leicht zu einer Lungenentzündung werden könne. Deswegen werde er wohl demnächst ihr gastliches Haus wieder verlassen müssen. Trotz der vorbildlichen persönlichen Betreuung, hatte er eilig hinzugefügt, um jede weitere Diskussion im Keim zu ersticken, und trotz des verschwenderisch ausgestatteten Bettes. Dass er schon jetzt Angst hatte, am nächsten Morgen aus diesen Kissenbergen nicht wieder herauszufinden, ließ er selbstverständlich unerwähnt. Und er nickte, als Frau Tornsen ihm auseinandersetzte, wie günstig sie dieses Zimmer in der Nachsaison vermiete, falls er die Absicht habe, Stammgast bei den Tornsens zu werden.

Berno starrte das Haus an, in dem Alex Traum zurzeit wohnte, und sagte sich, dass er die Insel tatsächlich genauso gut wieder verlassen könne. Er hatte Emily nicht vor Alex bewahren können! Aber da sie sich unbekümmert in einer Gaststätte mit ihm getroffen hatte, war das anscheinend auch nicht nötig gewesen. Wie enttäuscht musste sie von ihm sein, dass sie den Skandal, den sie hervorgerufen hatte, an die *Close Up* verkaufte! Oder sorgte sie sich derart um ihre Karriere, dass ihr jedes Mittel recht war, um in aller Munde zu sein? Sie musste doch wissen, dass ein solcher Ruhm immer nur kurz war und außerdem eine riskante Kehrseite hatte!

Entschlossen wandte er sich vom Fenster ab. Nein, es blieb dabei: Er war zu Emilys Schutz hier! Nach wie vor! Er musste sie davor bewahren, ihr großes Talent solch einer Schmutzkampagne zu opfern. Sie konnte nicht wollen, dass demnächst nicht mehr von der begabten Sängerin gesprochen wurde, sondern nur noch von der Frau, die den Namen derer von und zu Salenburg in einem Atem genannt hatte mit der Besetzungscouch eines schmierigen Musikproduzenten.

Berno beugte sich über sein Bett und wühlte so lange in den Kissen herum, bis er sein Handy gefunden hatte. Es half nichts! Er musste jetzt seinen Chefredakteur anrufen und sich sagen lassen, dass ausgerechnet Alex Traum, dem schon mindestens zwanzig Abmahnungen und etwa fünf Kündigungen angedroht worden waren, für die *Close Up* den dicksten Fisch aus dem Sumpf von Klatsch und Tratsch gezogen hatte. Berno schüttelte den Kopf, während er Piet Röders Nummer wählte. Bisher hatte er sich keine Gedanken darüber gemacht, wie Alex es geschafft hatte, die Milde des Chef-redakteurs zu erlangen. Schon seit Wochen war nicht mehr die Rede davon, dass Alex Traum demnächst die Kündigung erhalten sollte. Piet Röder nörgelte zwar ständig an ihm herum, aber Konsequenzen zog er offenbar nicht mehr in Betracht. Alex war sogar ungeschoren davongekommen, als er nicht mitgekriegt hatte, dass er in einer Bar seinen Absacker genommen hatte, in der Franjo und Verona Pooth einen Ehestreit ausfochten. Und nichts war ihm geschehen, als er dem Chauffeur eines zwielichtigen Politikers auf die Beine geholfen hatte, nachdem der betrunken in den Rinnstein gefallen war, statt ihn erst mal zu fotografieren und ihm unfaire Fragen zu stellen, die er im nüchternen Zustand niemals beantworten würde.

»Verdammt!«, knallte es da an Bernos Ohr. »Ich habe schon hundertmal versucht, Sie zu erreichen! Wo stecken Sie?«

»Ich bin in Ihrem Auftrag unterwegs«, gab Berno vorsichtig zurück, denn er dachte nicht daran, Piet Röder die Last abzunehmen, ihn von der Exklusivstory zu unterrichten, mit der er selbst nichts zu tun haben durfte, sondern nur der völlig unfähige Alex Traum!

»Sie können zurückkommen«, brüllte Piet Röder ins Telefon. »Emily Funke ist auf Sylt gesehen worden! Die komplette Konkurrenz soll schon auf der Insel sein. Wieso erfahre ich das eigentlich als Letzter? Bin ich von Idioten umgeben?«

Berno ging zum Fenster zurück. »Aber Alex ist auf Sylt.«

»Diesen Trottel habe ich auch erst vor einer Viertelstunde erreicht!«, tobte Röder. »Der sitzt in einer Kneipe und lässt sich volllaufen! Und hat natürlich mal wieder nichts mitgekriegt! Aber jetzt habe ich ihn flott gemacht! Wenn der mir morgen keine gute Story liefert, dann kann er was erleben!«

Durch Bernos Kopf jagten die Gedanken. Keine Exklusivstory für die *Close up*? Arbeitete Alex auf eigene Faust? Aber das ergab keinen Sinn!

»Sie können Alex zurückpfeifen«, hörte er sich ganz ruhig sagen und war selbst darüber genauso erstaunt wie Piet Röder. »Ich habe Emily Funke gerade gesehen. Sie ist ... woanders.«

»Kaiser! Wenn das nicht stimmt ...«

»Es stimmt!« Noch immer war Bernos Stimme so ruhig, dass er sich selber unheimlich wurde. »Was Sie gehört haben, muss eine Falschmeldung sein. Wo soll sie gesehen worden sein? In Keitum?«

»Nein, in Westerland. Im Hotel Roth!«

»Ausgeschlossen! Sie ist ziemlich exakt am anderen Ende der Republik.« Damit hatte er Piet Röder einen Brocken vorgeworfen, nach dem er schnappen würde. Und an dem folgenden würde er sich vor lauter Gier verschlucken: »Die *Close up* wird das einzige Blatt sein, das die Wahrheit kennt!«

»Alles klar!«, sagte Röder, und seine Stimme klang sehr zufrieden. »Ich ziehe Alex von dem Fall ab.« Ein kurzes Zögern, dann verstieg sich Piet Röder sogar zu den anerkennenden Worten: »Echt Spitze, Kaiser! Wenn Sie morgen Fotos von der Funke liefern ...«

»Ich hoffe, es gelingt mir«, versuchte Berno die Euphorie seines Chefredakteurs zu zügeln. Und ein Lob, das ihm nicht zustand, wollte er erst recht nicht hören, wenn etwas Derartiges auch noch so selten aus Piet Röders Mund kam. »Dass sie bereit ist, mit mir zu reden, wage ich zu bezweifeln. Unsere Trennung ist nicht gerade in aller Freundschaft verlaufen.«

»Egal! Das Wichtigste sind die Fotos! Das Interview schreibe ich selbst! Die Funke brauchen wir dafür nicht!«

Als das Gespräch beendet war, blieb Berno am Fenster stehen, blickte hinaus, ohne etwas zu sehen, lauschte auf ein Geräusch, das nicht von außen kam, sondern aus seinem Innern. Wenn ein Konkurrenzblatt am Montag Bilder von Emily Funke auf dem Titel hatte, dann war er geliefert. Röder würde ihn in der Luft zerreißen. Nur solange sein Chefredakteur darauf vertraute, dass er Emily in Süddeutschland jagte, war er sicher.

Plötzlich durchfuhr ihn ein eisiger Schreck. Wenn Emily nach ihrem Treffen mit Alex nach Westerland ins Hotel Roth zurückgefahren war, dann hatte sie sich vermutlich direkt in die Höhle des Löwen begeben. So gut ihre Verkleidung auch war, wenn sich herumgesprochen hatte, dass Emily Funke eine blonde Perücke trug, würde man sie dort erkennen.

Berno riss seine Jacke vom Haken und vergewisserte sich, dass sein Autoschlüssel in der Tasche steckte. Er musste ins Hotel Roth! Vielleicht konnte er Emily noch helfen!

Als er die Holztreppe herunterlief, hörte er ein warnendes Räuspern aus dem Schlafzimmer der Tornsens. Das ärgerte ihn dermaßen, dass er die Haustür donnernd ins Schloss fallen ließ. Sollte Frau Tornsen ihn morgen dafür zur Rede stellen, würde er ihr erklären, er habe draußen nach einer Lösung für sein dringendes Bedürfnis gesucht.

Zum Glück war er noch nicht am Straßenrand angekommen, als er das Geräusch hörte, und im selben Augenblick sah er jemanden eiligen Schrittes die Straße entlang kommen, der so groß und breitschultrig war wie Alex Traum. Berno hatte gerade noch Gelegenheit, sich hinter einen Busch in Tornsens Vorgarten zu ducken. Von dort aus konnte er beobachten, wie Alex Traum, mit dem Handy am Ohr, auf das Haus seines Vaters zuging. Noch war es so still, dass Berno ihn sagen hörte: »Okay, Chef! Dann kann ich mich ja aufs Ohr legen!«

Nun aber wurde das Geknatter immer lauter, und Alex blieb stehen und sah dem alten Motorrad entgegen, das kurz darauf vor ihm zum Stehen kam. Der Fahrer hängte den Helm an den Lenker des Motorrades, schob es neben die Haustür und strich sich über seine grauen Haare. Sein heller Bart blitzte auf, als er unter der Laterne herging, die den

Hauseingang beleuchtete. Er schob die Umhängetasche zurecht, die er trug, dann legte er den Arm um Alex' Schultern, und die beiden betraten gemeinsam das Haus. Vater und Sohn?

Was hatte das zu bedeuten? Hatte Alex seinen Vater in seine Pläne eingeweiht? Unterstützte der Alte seinen Sohn, weil er wusste, dass der in seinem Beruf nicht besonders erfolgreich war? Vielleicht war der Vater auch ein besserer Fotograf als Alex und nahm ihm deshalb diese Arbeit ab. Möglich aber auch, dass Emily dem Interview mit Alex Traum nur zugestimmt hatte unter der Bedingung, dass keine Fotos von ihr gemacht wurden. Ja, das musste es sein! Emily wollte sich weiterhin inkognito auf der Insel aufhalten, und das ging natürlich nur, wenn niemand wusste, wie sie zurzeit aussah! Aber Alex, der Schuft, war nur zum Schein auf diese Vereinbarung eingegangen. Sein Vater hatte die beiden im Garten der *Wattrose* fotografiert und war Emily dann sogar nach Westerland gefolgt, um auch dort im Hotel Fotos von ihr zu machen. Und Piet Röder wusste nichts davon! Warum nicht? Alex sollte doch froh sein, mit einem solchen Artikel seine Chancen in der Redaktion zu verbessern!

Berno seufzte vor Anspannung, während er sein Auto aufschloss. Was hatte Alex Traum vor? Was wollte er mit der Story und den Fotos machen?

## 9.

Ich blickte in den Rückspiegel. Folgte mir jemand? Nein, die Keitumer Landstraße lag ruhig da. Vor mir und hinter mir. Ich schien der Meute entkommen zu sein, niemand hatte mich erkannt. Tief atmete ich durch, wie ich es kurz

vor einem Auftritt tat, und ließ meine Stimme summen, obwohl es in diesem Augenblick nicht darauf ankam, mich meiner natürlichen Stimmlage zu vergewissern. In welcher
Klangfarbe ich einem Verfolger meine Wut ins Gesicht brüllen würde, spielte nun wirklich keine Rolle.

Doch das kleine Ritual, das mir stets mein Lampenfieber
erträglicher machte, half mir auch hier. Ich entspannte mich
so gut es ging, ballte und lockerte meine Hände in einem
Rhythmus, der mir gut tat, stieß die Luft in kleinen heftigen
Stößen von mir und atmete danach tief durch die Nase ein.
Was mir hinter der Bühne half, bewirkte zum Glück, dass
ich die Höchstgeschwindigkeit einigermaßen einhielt und
nicht nach Keitum raste wie ein Bankräuber auf der Flucht.
Aufmerksame Polizeibeamte und empörte Verkehrsteilneh-
mer waren das Letzte, was ich gebrauchen konnte. Ich durfte
schon froh sein, dass ich nicht mehr als entrüstetes Kopfschütteln geerntet hatte, als ich mit durchdrehenden Reifen
vor dem Hotel Roth gestartet war.

Der Radfahrer, der mir in die Quere gekommen war, wäre
mir sicherlich gern gefolgt, um mich zu stellen und der Polizei auszuliefern. Aber selbst wenn er sich mein Nummern-
schild gemerkt hatte, war er keine ernsthafte Gefahr für
mich. Genauso wenig wie das Paar im mittleren Alter, das
sich fürs Promenieren vor der Konzertmuschel fein gemacht
hatte. Die beiden wollten zunächst nicht einsehen, dass es an
einem Ort der Erholung und Entspannung auf zügiges Über-
queren der Straße ankommen sollte, weil eine durchge-
knallte Autofahrerin auf die hochhackigen Pumps einer
Fußgängerin keine Rücksicht nehmen wollte. Wenn sie wenigstens hinter dem Steuer eines Porsches gesessen hätte!
Aber eine Golffahrerin?

Doch den beiden hatte ich es gezeigt! Von wegen einfach

langsam weitergehen und einen Verkehrsrüpel damit zum Bremsen zwingen! »Nicht, wenn Emily Funke auf der Flucht ist!«

Der Mann hatte dann auch prompt seine Gemütsruhe mit dem Totalverlust seiner attraktiven Überheblichkeit bezahlt und die Frau mit der Einbuße mindestens eines ihrer dekorativen Attribute. Denn ihr Begleiter hatte sie, als er merkte, dass es ernst wurde, einfach in Richtung Gehweg gestoßen, und ich hatte noch sehen können, als ich an ihr vorbeiraste, dass sie über die Bürgersteigkante stolperte und in dem verzweifelten Bemühen, nicht auf allen vieren zu landen, mit weit vorgerecktem Oberkörper in den niedrigen Heckenrosenwall schoss, der den Parkplatz der Sylter Welle umgab. Dass dabei ihr äußeres Erscheinungsbild ohne Schaden geblieben war, konnte ich mir nicht vorstellen. Aber darum kümmern wollte ich mich natürlich nicht. Ich bog schleunigst nach rechts ab und schlitterte gleich wieder nach links in die Steinmannstraße, dann nach wenigen Metern schon wieder nach rechts in die Brandenburger Straße. Zum Glück war die Ampel, auf die ich zuraste, grün, so dass niemand ernsthaft in Gefahr geriet, als ich über die Kreuzung schoss. Wenn man mal von diesem einen Radfahrer absah, der mir entgegenkam und die Absicht hegte, meine Fahrtrichtung zu kreuzen, um links abzubiegen! Aber der hatte wahrlich keine Vorfahrt, und wenn er im Falle einer Anzeige zu Protokoll geben würde, dass ich noch nicht in Sicht gewesen war, als er den Entschluss fasste, in die Norderstraße einzubiegen, dann würde ihm das sowieso niemand glauben.

Ich kam erst wieder zu mir, als ich am Ende der Kjeirstraße in den Kirchenweg einbog, wo sich die Polizeistation von Westerland befand. Ein Streifenwagen fuhr gerade vom Hof, und nun besann ich mich endlich darauf, dass es besser war, mich unauffällig zu verhalten. Von da an hielt ich mich in etwa an die zulässige Höchstgeschwindigkeit und mich selbst mit Entspannungsübungen einigermaßen gelassen und kampffähig. Selbst die Frage, was eigentlich geschehen war, konnte ich mir nun stellen, ohne eine Schimpfkanonade zur Antwort zu geben, in denen ich sämtliche Paparazzi der Welt und insbesondere Berno Kaiser auf den Grund der Nordsee wünschte. Als das Ortsschild von Keitum in Sicht kam, schaffte ich es sogar, mir einzugestehen, dass Berno nichts damit zu tun haben konnte. Er hätte niemals der Konkurrenz verraten, wo ich zu finden war. Verdammt, wie war das bloß durchgesickert? Jede Redaktion, der ich schon mal ein Interview gegeben hatte, also sämtliche Redaktionen des deutschsprachigen Raums hatten bereits mindestens einmal den Satz zitiert: »Ich werde diese Insel nie wieder betreten!«

Einer von ihnen musste der Gedanke gekommen sein, dass Sylt gerade deswegen der ideale Zufluchtsort für mich war. Aber wer war auf das Hotel Roth gekommen? Hatte mich ein Zimmermädchen erkannt? Ein Portier? Oder ein Passant, der beobachtet hatte, wie ich das Hotel betreten oder verlassen hatte? Wieder fiel mir der alte Mann auf dem knatternden Motorrad ein. Hatte der etwas damit zu tun?

In der *Wattrose* war noch viel los. Das erkannte ich an dem unruhigen Licht hinter den Fenstern. Die Kellner liefen hin und her, kreuzten die Beleuchtung, Gäste erhoben sich und brachten die Hängelampen in Bewegung. Es würde noch eine Weile dauern, bis Maik die Tür abschließen konnte. Die *Wattrose* hatte zwar keine Theke, über der diejenigen, die nicht nach Hause fanden, die Zeit vergaßen, aber auch wenn die Küche geschlossen war, saßen die Gäste noch lange an den gemütlichen runden Tischen zusammen. Und dann musste aufgeräumt und alles darauf vorbereitet werden, dass der Betrieb am nächsten Tag zügig wieder anlief. Ich wusste das. Maiks Vater hatte neben der *Wattrose* nur wenig Zeit für seine Familie gehabt, und Maik würde es heute nicht anders gehen. Ob er die Wohnung seiner Eltern über dem Restaurant übernommen hatte? Womöglich wohnte er in einem schmucken Einfamilienhäuschen am Ortsrand und würde in zwei, drei Stunden die *Wattrose* durch den Hintereingang verlassen und dorthin fahren, wo seine Frau die Fenster mit hölzernen Stelzenvögeln und weißen Begonien in blauen Übertöpfen geschmückt hatte. Wenn sie nicht beides mitgenommen hatte, als sie ihn verließ!

Zum Glück konnte ich das Auto so abstellen, dass ich die Fenster der *Wattrose* im Blick hatte. Wenn die letzten Gäste das Restaurant verließen und die Kellner mit dem Aufräumen begannen, würde mir das nicht entgehen.

Gelangweilt drehte ich am Radio herum. Aber die Hitparade der deutschen Volksmusik wollte ich ebenso wenig hören wie den Mitschnitt eines Lifekonzerts des angeblich bekanntesten Shanty-Chors Norddeutschlands. Und auch die Wortbeiträge über die Gefährdung des Wattenmeers und die Wirtschaftskrise interessierten mich zurzeit nicht. Schon nach einer halben Stunde wurde mir das Warten unerträglich. Ich brauchte Bewegung und frische Luft. Und es konnte nicht schaden, wenn ich mir die *Wattrose* ein wenig genauer ansah. Zeitungsreporter brauchte ich in dieser Gegend nicht zu befürchten, die trieben sich allesamt im Hotel Roth in Westerland herum.

Ich rückte meine Perücke zurecht, schloss meine Kapuzenjacke bis zum Kinn, zog den Kopf zwischen die Schultern und stieg aus. Als ich an der *Wattrose* vorbeiging, wickelte ich die Arme so weit wie möglich um meinen Oberkörper und legte das Kinn auf die Brust. Es kam mir so vor, als hätte ich mich unsichtbar gemacht. So wagte ich es, für wenige Augenblicke stehen zu bleiben, als ich durch ein Fenster beobachten konnte, wie Maik neben einem Tisch stand und sich mit einem Paar, das dort vor seinem Bier hockte, unterhielt. In der rechten Hand trug er ein leeres Tablett, den linken Daumen hatte er in eine Gürtelschlaufe gehakt. So wie früher!

Als er sich umdrehte, ging ich erschrocken weiter. Nach wenigen Schritten war ich am Ende des Gebäudes angelangt. War alles noch so wie früher? Die Wohnung der Wanners hatte sich nach hinten geöffnet, die Tür, hinter der ich über eine schmale Treppe in die erste Etage gestiegen war, an der linken Seite in Haus geführt, direkt neben dem Eingang zum Küchenhof. Sie war früher selten benutzt worden. Jeder, der zu den Wanners wollte, ging durch die *Wattrose.* Nur wenn sie geschlossen war, hatte ich früher den Klingelknopf benutzt. Welcher Name mochte auf dem Schild stehen, das daneben angebracht war?


Berno hatte sich nicht lange im Hotel Roth aufgehalten. Dass Emily Funke dort nicht aufgetaucht war, fand er schnell heraus. Mehrere der Reporter, die trotz heftigen Widerspruchs des Hotelpersonals dort herumlungerten, kannte er, aber niemand hatte ihm sagen können, wie sicher die Meldung war, die sie hergeführt hatte.

»Angeblich ist sie am Strand gesehen worden«, erklärte ein Fotoreporter, mit dem Berno sein Volontariat gemacht hatte. »An ihrer Frisur ist sie ja leicht zu erkennen.«

»Und wer hat sie im Hotel Roth gesehen?«, fragte Berno.

Sein Kollege zuckte mit den Schultern. »Sie soll auf einem Balkon gestanden haben.« Resigniert hatte er seine Kamera eingepackt. »Wahrscheinlich eine Falschmeldung.«

Nun war Berno auf dem Rückweg nach Keitum. Mochten sämtliche Reporter auch weiterhin im Hotel Roth ausharren, er wusste, das Emily nicht an ihrer Kurzhaarfrisur mit den farbigen Strähnen erkannt werden konnte! Er, Berno Kaiser, wusste, dass sie zurzeit schulterlange blonde Haare trug! Aber leider war er nicht der Einzige. Auch Alex Traum wusste das ...

Sein Weg führte ihn an der *Wattrose* vorbei. Ob er dort noch für einen Schlummertrunk einkehrte?

Das Licht brannte, das Lokal schien noch gut besucht zu sein. Aus der Stereoanlage tönte Emilys Stimme: »Miss you! I already miss you! When, when, when ...« Vielleicht konnte er bei dem Wirt etwas über Alex Traum in Erfahrung bringen, was er noch nicht wusste! Alex stammte aus Keitum, womöglich war der Wirt ein alter Freund von ihm. Und der wusste vielleicht auch etwas von Alex' Vater!

Dass Frau Tornsen sein spätes Heimkommen missbilligen würde, erfüllte Berno mit Freude. Er nahm sich sogar vor, das Haus mit festen Schritten statt auf Zehenspitzen zu betreten und Wasser und Toilettenspülung so lange rauschen zu lassen, wie er wollte. Vielleicht würde er nicht einmal vor dem Singen schmutziger Lieder halt machen, wie es Betrunkene gern taten. Ob er den Mut wirklich aufbringen würde, wusste er jedoch nicht genau.

Berno beschloss, seinen Wagen zunächst bei den Tornsens abzustellen und dann zu Fuß zur *Wattrose* zurückzugehen. Es waren ja nur wenige Schritte. Und dass er bei den vielen Fragen, die ihm zu schaffen machten, nüchtern und fahrtüchtig blieb, konnte er sich wirklich nicht vorstellen.

Den Golf bemerkte er, noch ehe er an der *Wattrose* angekommen war. Der Wagen, den Emily zurzeit fuhr! Berno zögerte. Wenn sie sich erneut mit Alex Traum in der *Wattrose* getroffen hatte, dann war es besser, er ließ sich dort nicht blicken.

Berno wollte schon wieder kehrtmachen, da hörte er die leisen Schritte neben dem Haus. Und als er stehen blieb, um zu lauschen, sah er die Bewegung hinter den Büschen, die das Grundstück der *Wattrose* einrahmten. Etwas Helles blitzte auf. Blonde Haare? Weiße? Das musste Alex' Vater sein, der sich schon vor Stunden im Garten der *Wattrose* versteckt hatte!

Vorsichtig kam Berno näher heran, bemüht, kein Geräusch zu verursachen. Dann war er an dem schmalen Weg angekommen, der um die *Wattrose* herumführte, ein Pfad, den er unter anderen Umständen gar nicht bemerkt hätte. Schlecht verlegte Platten liefen auf ein Tor zu, hinter dem Berno mehrere große Mülltonnen erkennen konnte. Vor dem Tor führte eine unauffällige Tür ins Haus hinein, vielleicht der Eingang zu Privaträumen, die es in der *Wattrose* geben mochte. Vor dieser Tür stand eine junge Frau mit blonden Haaren. Emily!

Ich sah mich um. Gemütlich eingerichtet war dieser Raum, den ich so ganz anders in Erinnerung hatte. Die Möbel von Maiks Eltern waren groß und wuchtig gewesen, dunkel die Polstermöbel, unruhig gemustert die Tischdecken, Gardinen und Tapeten. Jetzt standen helle Regale an den Wänden, eine gläserne Vitrine, mit weißem Leinen bezogene Sessel und ein knallrotes Ledersofa. Ein freundlicher Raum, jung und fröhlich.

Ich lauschte auf die Geräusche, die aus der Küche drangen. Maik räusperte sich häufig, das war früher ein untrügliches Zeichen dafür gewesen, dass er nervös war. Dann hörte ich, dass er eine Sektflasche öffnete.

Das war der Augenblick, in dem ich mich wohlzufühlen begann, in dem ich mich willkommen fühlte und daran glauben konnte, dass ich richtig entschieden hatte. Das Geräusch des Sektkorkens drückte Feierlichkeit aus, schöne Momente wurden damit geschmückt. So schön wie dieser!

Lange hatte ich warten müssen, bis in der *Wattrose* endlich die Lichter ausgegangen waren. Aber dann hatte es nicht mehr lange gedauert, bis es hinter den Fenstern in der ersten Etage hell geworden war. Maik war in seine Wohnung gegangen. Mein Daumen hatte gezittert, als ich ihn auf den Klingelknopf setzte, aber ich hatte keinen Moment gezögert ...

Maik erschien mit der Flasche und zwei Gläsern in der Tür. Er sah mich eine Weile ernst an, dann ging ein kleines Lächeln über sein Gesicht. »Ich habe dich gleich erkannt, als ich dich in der *Wattrose* sah. Aber ... ich wusste nicht, warum du gekommen warst.«

»Hast du deswegen unser Lied gespielt?«

Er nickte, goss den Sekt ein, der sich als Champagner entpuppte, und setzte sich zu mir. »Du solltest wissen, dass ich dich erkannt habe.«

»Hast du damit gerechnet, dass ich nach Sylt komme?«

Maik hob die Schultern, verzog das Gesicht und ließ sie wieder fallen. »Sicher war ich mir nicht. Ich konnte mir vorstellen, dass es auf Sylt etwas gab, was dir Geborgenheit versprach. Aber genauso gut wusste ich, warum du nach der Beerdigung deines Vaters gesagt hast: ›Ich werde die Insel nie wieder betreten.‹«

Wir prosteten uns zu, tranken langsam, sahen uns an, als dächten wir über unsere nächsten Worte nach, und wollten doch nur sehen, was geblieben war und was sich verändert hatte.

»Nachdem ich die Talkshow gesehen hatte«, sagte Maik leise, »wusste ich, dass etwas passieren würde. Etwas, das alles anders macht.«

Ich nippte an meinem Glas, dann nahm ich einen großen Schluck. »Ich werde gejagt«, sagte ich. »Die Presse ist dahintergekommen, dass ich auf Sylt bin. Ich kann nicht in mein Hotel zurück.« Und dann, nachdem ich beobachtet hatte, wie etwas in Maiks Augen stieg, was sowohl Hoffnung als auch Angst sein konnte: »Darf ich bei dir bleiben?«

Berno stand im Küchenhof der *Wattrose* und sah zu den Fenstern in der ersten Etage hinauf. Als er die Ungeduld nicht mehr ertragen hatte, war er einfach über das Tor geklettert, um etwas von dem zu sehen, was sich in den Räumen über der *Wattrose* abspielte. Aber sogar, als er auf die Mauer geklettert war, die das Grundstück des Restaurants vom nächsten trennte, hatte er nicht in die Fenster blicken können. Er wusste, dass Emily dort oben war, aber er wusste nicht, warum, und vor allem nicht, mit wem. Emily hatte keine Verwandte auf Sylt, soviel war ihm klar. Warum also suchte sie ausgerechnet in der *Wattrose* Zuflucht? Plötzlich erinnerte er sich dunkel, dass sie einmal von einem Mann gesprochen hatte, mit dem sie so gut wie verlobt gewesen war. War dieser Mann etwa der Wirt der *Wattrose*? Und wollte sie sich ausgerechnet bei ihm verstecken?

Die Eifersucht machte Berno blind, vergesslich und größenwahnsinnig. Blind war er mit einem Mal für alle Gefahren, er vergaß, dass er Höhenangst hatte, und glaubte daran, dass etwas, was alle Anstreicher und Maurer dieser Welt konnten, auch Berno Kaiser gelingen musste. Sogar bei Dunkelheit! Und war es nicht ein Wink des Himmels, dass eine Leiter an der Hauswand stand, die er nur ein paar Meter nach links rücken musste, damit sie sich ans Balkongeländer lehnte? Auf eine Leiter steigen! Das war doch eine Kleinigkeit!

Berno schaute strikt nach oben, während er eine Sprosse nach der anderen unter sich ließ. Und den Gedanken, dass er weder zum Anstreicher noch zum Maurer geboren war, wies er weit von sich. Auch dass er als kleiner Junge beim Äpfelklauen immer nur Schmiere gestanden hatte, weil er sich nicht auf eine Leiter traute, verdrängte er erfolgreich. Er war jetzt ein Mann! Und für einen richtigen Mann war eine Leiter kein wirkliches Hindernis! Vor allem, wenn sie nicht höher als in die erste Etage führte.

Als er seine Nase auf den Terracotta-Belag des Balkons schob, beschloss er, keinen anderen Gedanken zuzulassen, als den, dass der Balkon mal wieder gewischt werden könnte. Und als er sich am Geländer hochzog und ein Bein darüber schwang, redete er sich erfolgreich ein, dass die paar Meter unter ihm nichts zu bedeuten hatten. Besonders sportlich war er zwar nicht, aber für einen kräftigen Mann von Anfang vierzig war das Überwinden eines Balkongitters eine Lappalie! So was machte er mit links! Das einzige Problem war in diesem Fall, dass er dabei nicht beobachtet werden durfte. Vor allem nicht von demjenigen, dem dieser Balkon gehörte.

Dass er nicht mit einem federnden Sprung auf den Terracotta-Fliesen landete, sondern auf sie herabplumpste, lag natürlich nur daran, dass ein Blumentopf im Wege gestanden und seiner Dynamik den Schwung genommen hatte. Also war auch dieser hässliche Topf schuld daran, dass Berno gezwungen war, schleunigst hinter einem Fensterladen Schutz zu suchen, für den Fall, dass jemand hinter der Balkontür aufmerksam geworden war. War es da ein Wunder, dass seine Bewegungen nicht besonders geschmeidig, sondern derart hektisch waren, dass er mit dem rechten Arm die Spitze der Leiter touchierte? Dass sie daraufhin zurückkippte und ein hässliches Geräusch verursachte, als sie auf einem Müllcontainer aufprallte, war natürlich ebenfalls nicht seine Schuld. Im übrigen konnte er heilfroh über diesen glücklichen Umstand sein. Denn wenn die Leiter noch am Balkongitter gestanden hätte, wäre dem Wirt der *Wattrose*, der kurz darauf an die Balkontür trat, sicherlich ein Gedanke gekommen, der Berno gar nicht recht gewesen wäre.

Die Zeit hing an einem Gummiband. Als wir sie losgelassen hatten, sprang sie zurück in unsere Hände und ließ sich von uns festhalten. Wir waren wieder ein Paar, wir liebten uns, konnten nicht genug voneinander bekommen, hatten die Zukunft vor Augen und die Vergangenheit vergessen. Die Champagnerflasche war noch halb voll, da wusste ich schon, dass Maiks Ehe nicht glücklich gewesen war, dass er dennoch fest entschlossen gewesen war, seiner Tochter zuliebe die Familie zu erhalten. Aber dann hatte seine Frau sich in einen anderen verliebt. Ausgerechnet in den Besitzer des Restaurants, das die gefährlichste Konkurrenz der *Wattrose* war.

»Das beliebteste Gericht musste ich daraufhin von der Karte nehmen. Es hieß ›Deine Spuren im Sand‹. Dort, wo Nora jetzt kocht, heißt es Krabbentopf.«

Maiks Tochter hatte sich nicht entschließen können, ob sie bei ihrem Vater bleiben oder mit ihrer Mutter gehen sollte, letzten Endes war sie dann zu ihrem Freund gezogen. Glücklich war Maik nicht darüber, aber froh, dass sein Verhältnis zu ihr ungetrübt war.

Dass ich seine Tochter kannte, ließ ich vorsichtshalber

nicht laut werden. Die Umstände unseres Kennenlernens waren mir noch immer peinlich.

»Und du?«, fragte Maik. »Wie ist das Leben mit dir umgegangen? Gibt es mehr zu wissen als das, was in den Zeitungen steht?«

Ich dachte nach und wäre beinahe in Tränen ausgebrochen, weil mir klar wurde, dass ich tatsächlich mein Leben in Zeitungsspalten verbracht hatte. Maik hatte alles von mir gelesen, was ihm in die Finger gekommen war, auch, dass ich kein Glück mit Männern gehabt hatte, wusste er aus den Zeitungen. Mein erster Manager, mit dem ich liiert gewesen war, hatte mich ausgenutzt, ein anderer mein Geld und meine Popularität mehr geliebt als mich selbst, für einen dritten war ich eine Trophäe gewesen, mit der er sich geschmückt hatte. Und dann noch Berno Kaiser! Die größte Enttäuschung meines Lebens!

»Ich will das alles nicht mehr, Maik«, sagte ich, trank entschlossen mein Glas leer und hielt es ihm hin, damit er es wieder füllte. »Ich will dieses Leben nicht mehr«, wiederholte ich, während er nachgoss.

Maik sah mich ungläubig an. »Du hast für dieses Leben gekämpft, Emily. Du hast damals alles hingegeben für diesen Erfolg. Unsere gemeinsame Zukunft, deine Eltern ...«

»Die habe ich nicht hingegeben«, unterbrach ich ihn, »vor denen bin ich weggelaufen.« Schon waren sie wieder da, die heftigen Gefühle, die ich mir lange versagt hatte. »Sie waren nie bereit, mir die Wahrheit zu sagen. Als dieGerüchte auftauchten ... als über unsere Familie geredet wurde ... meine Mutter wollte mir nichts sagen. Und mein Vater hat einfach bestritten, dass es irgendetwas gab, was ich erfahren musste.«

Fragend sah ich Maik an. Stand er noch auf meiner Seite?

Oder hatte das Älterwerden ihn auf die Seite der Älteren geschlagen?

»Meine Karriere wollten sie verhindern«, fuhr ich verzweifelt fort, »weil sie mir nichts zutrauten. Und die Wahrheit wollten sie mir nicht sagen, weil sie mir nicht zutrauten, mit ihr umzugehen. Sie trauten mir nicht zu, mein eigenes Leben zu führen. Ich musste weg von ihnen, sonst hätte ich am Ende ein Leben gehabt, was ihnen gehörte und nicht mir.«

Maik sah auf seine Hände, die mit dem Sektglas spielten. »Ich habe deine Eltern oft im Altenheim besucht ...«

»Danke, Maik!«

Er machte eine abwehrende Bewegung, die beinahe ärgerlich aussah. »Nachdem du Sylt verlassen hattest ... nachdem ich begreifen musste, dass du nicht zurückkehren würdest ... als aus dir ein Star geworden war ... da habe ich manchmal mit deinem Vater über die Gerüchte gesprochen. Aber wenn ich auf seine angebliche Zeugungsunfähigkeit zu sprechen kam, wurde er immer sehr ärgerlich. Alles Lügen, hat er gesagt. Alles Lügen!«

»Hast du ihn auch gefragt, ob meine Mutter ihm immer treu gewesen ist?«

Bevor Maik antworten konnte, gab es plötzlich dieses Geräusch. Ein helles Scheppern, ein Scharren, dann etwas, was sich anhörte wie ein Korken, der sich aus einer Flasche löste.

»Auf dem Balkon!«, sagte ich atemlos. »Diese verdammten Paparazzi!«

Maik sprang erschrocken auf. »Ist dir jemand gefolgt?«

»Aufgefallen ist mir niemand! Aber diesem Gesindel ist alles zuzutrauen.«

Ängstlich starrte ich auf seinen Rücken, als er vorsichtig

die Balkontür öffnete. »Überleg dir erst, ob du wirklich morgen in der Bildzeitung stehen willst.«

Entmutigt wich er zurück und drückte die Tür wieder zu. »Du meinst, es könnte wirklich jemand auf meinen Balkon gestiegen sein ...«

»... und eine Kamera um den Hals hängen haben? Ja, das meine ich!«

So wütend riss er nun die Balkontür auf, dass jeder Sensationsreporter daran seine helle Freude gehabt hätte. Promis oder solche, die mit ihnen umgingen, wurden immer am liebsten im Zustand höchster Erregung abgelichtet.

Aber das Blitzlichtgewitter, das ich erwartet hatte, blieb aus.

»Ein Blumentopf ist umgekippt«, sagte Maik erleichtert und schloss die Tür wieder. Dann setzte er sich erneut zu mir und nahm mit einer feierlichen Geste meine Hand. »Der Wind! Hast du vergessen, dass es auf Sylt immer windig ist?«

Ich hatte nicht das Gefühl, dass ich darauf antworten musste. Sein Gesicht war plötzlich so nah, dass mir jedes Wort in den Augen stecken blieb.

»Willst du wirklich bei mir bleiben?«, fragte er so leise, dass ich ihn kaum verstand.

## 10.

Sie küssten sich!

Berno blickte vorsichtig um den aufgestellten Fensterladen herum. Ja, sie küssten sich tatsächlich! Er umklammerte die Kante des Fensterladens so heftig, dass er leise knarrte, aber Sorgen brauchte er sich nicht zu machen. Das Paar auf dem roten Ledersofa hatte nur Ohren für das Geflüster des anderen. Und nun öffnete der Wirt sogar die hässliche Kapuzenjacke, die Emily trug, und sie ... sie riss sie sich ungeduldig herunter und knöpfte mit fliegenden Fingern sein Hemd auf.

Nein! Berno grub die Zähne in seine Lippen, um nicht zu schreien. Warum nur war er auf diesen Balkon gestiegen? Warum tat er sich das an? Am besten, er verschwand so schnell wie möglich von der Insel und fuhr nach Hamburg zurück, um dort seinen Job zu retten, indem er Piet Röder irgendein Märchen auftischte. Und dann konnte er nur noch darauf hoffen, dass Emily sich in der *Wattrose* so gut versteckt hatte, dass niemand sie auf der Insel entdeckte. Wenn in den nächsten Tagen ein Konkurrenzblatt ein Foto auf den Titel setzte, das Emily Funke auf Sylt zeigte, würde man ihn feuern, soviel stand fest. Berno konnte nur hoffen, dass Emily hier sicher war, dann bestand die schwache Hoffnung, dass Piet Röder ihm verzieh, Emily Funke in Süddeutschland aus den Augen verloren zu haben.

Warum nur starrte er weiter durch das Fenster? Warum stieg er nicht einfach von diesem Balkon herunter und versuchte zu vergessen, was er gesehen hatte? Berno machte einen langen Hals, um über das Geländer in den Hof zu blicken. Nun erst wurde er sich seiner prekären Lage bewusst. Die Leiter stand nicht mehr am Geländer! Wie, um Himmels willen, sollte er von diesem Balkon herunterkommen? Springen? Unmöglich! Andererseits ... welche Alternative hatte er? Abwarten, bis der Wirt der *Wattrose* am nächsten Morgen mit seiner Liebsten auf den Balkon trat, um in den blauen Himmel zu seufzen, wie wunderschön die vergangene Nacht gewesen war?

Nein! Berno musste sich irgendwas einfallen lassen! Sich vom Geländer abseilen! An dem Fallrohr, das in der Nähe des Balkons nach unten führte, in den Küchenhof klettern!

Oder durch die Balkontür in die Wohnung huschen und von dort auf die Straße!

Aber welchen Entschluss er auch fasste, umsetzen konnte er ihn erst, nachdem hinter der Balkontür das Licht erloschen war. Das Abseilen konnte er vergessen, dazu fehlte ihm das Seil. Da die Balkontür verschlossen war, stand ihm der Weg durch die Wohnung auch nicht offen. Und das Fallrohr sah derart altersschwach aus, dass es in sich zusammenfallen würde, wenn er sich daran festklammerte. Vorausgesetzt, er würde es überhaupt erreichen! Der Gedanke, aufs Geländer zu klettern und den Meter bis zu diesem Rohr im Flug zu überwinden, war alles andere als motivierend.

Blieb also nur der Sprung vom Balkon! Berno spürte, wie Kälte in ihm aufstieg. Dass diese Kälte nackte Angst war, gestand er sich noch nicht ein. Wenn Emily auch nichts von seiner Anwesenheit ahnte – einen Feigling sollte sie ihn nicht auch noch nennen, nachdem sie ihn einen Verräter geschimpft hatte.

Berno richtete sich unmerklich auf. Frischer Mut machte ihn ein paar Zentimeter größer. Mit diesem entsetzlichen Wagnis würde er es Emily zeigen! Aber natürlich erst, wenn alles schlief, wenn er niemanden auf sich aufmerksam machte, der ihn hindern oder sich über ihn lustig machen würde. Sollte er sich den Hals brechen, durfte Emily ihn erst dann finden, wenn er seinen Leiden erlegen war und nicht mehr um Hilfe winselte, dann, wenn ihr nichts anderes blieb, als sich verzweifelt über ihn zu werfen und zu bereuen, dass sie ihn abgewiesen hatte. Vielleicht würde sie dann wieder daran glauben können, dass er sie liebte und dass er sie niemals verraten hatte. Schade zwar, dass er dafür sterben musste, aber dennoch tat Berno der Gedanke, für Emily post mortem zum Helden zu werden, so gut, dass er hinter dem

Fensterladen hocken blieb und geduldig abwartete. Er hielt sich nicht einmal die Ohren zu, als er Emily verliebt lachen hörte, und knirschte nur ganz leise mit den Zähnen, als eine männliche Stimme tief aufseufzte. Es hatte ja keinen Sinn, sich mit dem seelischen Schmerz abzuquälen, er musste sich auf den körperlichen vorbereiten, der ihn erwartete. Ob er es schaffte, sich ohne markerschütternden Schrei ins Ungewisse zu stürzen? Und ob es ihm gelingen würde, nicht mehr als ein verzweifeltes Wimmern von sich zu geben, wenn er mit zerschmetterten Gliedern im Küchenhof lag? Was immer er tat, es durfte erst geschehen, wenn Emily schlief. Schließlich gab es ja noch die winzige Hoffnung, dass er mit geringen Verletzungen den Sprung überstehen und sich ungesehen davonmachen konnte ...

Berno hörte, dass sich hinter der Balkontür etwas bewegte, dann wurde das Licht gelöscht. Aber nur wenige Augenblicke später flammte es hinter einem Fenster auf, das neben dem Wohnzimmer lag. Berno machte sich keine Illusionen. Das konnte nur das Schlafzimmer sein! Jetzt war es an ihm zu beweisen, welche Opfer er für Emily zu bringen bereit war. Nie hatte es einen selbstloseren Mann gegeben als Berno Kaiser! Er würde die Geliebte ihr Glück genießen lassen, ehe er sein Schicksal vollendete. Ein wahrer Held! Hatte er das nicht bereits bewiesen, als er auf einer wackligen Leiter in die erste Etage gestiegen war? Unter sich die gähnende Tiefe des Küchenhofs, über sich nichts als der tiefblaue Nachthimmel von Sylt!

Berno spürte, dass er von der Einsamkeit ausgefüllt wurde, die einer heldenhaften Entscheidung voranging. Wie würde Emily reagieren, wenn sie erfuhr, dass sie sich ihrer Lust hingegeben hatte, während er den todesmutigen und vielleicht sogar verhängnisvollen Entschluss fasste, sich in die

Tiefe eines Küchenhofs zu stürzen? Ob sie dann endlich einsah, dass es keinen Mann gab, der sie mehr liebte als Berno Kaiser? Und ob sie dann erkannte, wie sehr sie ihm Unrecht getan hatte? Schade nur, dass er das nicht mehr miterleben durfte ...

Der Gedanke, dass dieses Bett mal ein Ehebett gewesen war, behagte mir nicht, aber es gelang mir, ihn zu verdrängen. Was blieb mir anderes übrig? So wie Maik damit leben musste, dass er mit mir keinen Strandspaziergang machen konnte, ohne dass zwanzig Fotografen hinter uns herliefen, musste ich mich damit abfinden, dass das Leben weitergegangen war und eine andere Frau meinen Platz eingenommen hatte. Zumindest vorübergehend! Bei nächster Gelegenheit würde ich einfach dieses Ehebett rauswerfen und ein breites Wasserbett für uns kaufen.

Ich schmiegte mich an Maik. »Jetzt bin ich endlich da, wo ich immer hin wollte. Schade um den weiten Umweg, den ich gemacht habe! Aber Hauptsache, ich bin angekommen!«

Maik schob mich von sich und sah mich erstaunt an. »Du meinst ... die *Wattrose*?«

»Und dich! Die Fischsuppe kann ich übrigens noch genauso gut wie früher.«

»Du willst für meine Gäste kochen?«

»Natürlich! Davon haben wir doch immer geträumt. Wir wollten die *Wattrose* gemeinsam führen!«

»Du in meiner Küche? Man wird uns die Bude einrennen. Es wird einen Ansturm geben, dem unsere Küche nicht gewachsen ist.«

»Nur anfangs! Bald werden sich alle daran gewöhnt haben.«

»Aber deine Karriere!«

Ich verkroch mich unter der Bettdecke, als wollte ich nach ihr suchen, doch was ich dort fand, war tausendmal besser als meine Karriere. »Ich will sie nicht mehr«, sagte ich, als ich wieder auftauchte und Maik sich von meiner Suche erholt hatte. »Ich will endlich leben! Nicht ständig von Reportern belagert werden. Und mich nicht von lästigen Fans bedrängen lassen! Leben wie normale Leute!«

»Aber dein Talent«, wandte Maik ein, und es klang, als spräche er von meiner Mitgift. »Deine wunderbare Stimme ...«

Ich winkte ab. »Keiner kann mir vorwerfen, nichts aus meinem Talent gemacht zu haben. Aber jetzt ist Schluss! In ein paar Jahren wird niemand mehr von Emily Funke reden. Dann bin ich endlich frei.«

»Und du meinst, das kannst du aushalten?«

Ich lauschte kurz nach draußen, wo die Nacht wisperte, fauchte und pfiff. »Berno hat oft gesagt, mein Leben wäre meine Karriere und meine Karriere wäre mein Leben.«

»Berno«, wiederholte Maik langsam und nachdenklich, stopfte sich ein weiteres Kissen in den Rücken und zog mich so fest an sich, dass ich sein Gesicht nicht mehr sehen konnte. »Die Zeitungen haben noch vor ein paar Monaten geschrieben, du hättest endlich deinen Mister Right gefunden.«

»Dachte ich auch.« Schon begann meine Stimme zu schwanken, noch immer tat die Enttäuschung weh wie eine frische Wunde. »Ich habe ihm geglaubt, dass er mich liebt. Und ich habe ihm vertraut. Aber dann ... dann kam die *Close up* raus, die voll von unseren privaten Fotos war. Fotos, die Berno von mir gemacht hatte, als ich mit ihm allein war. Halbnackt, unfrisiert, ungeschminkt. Und unsere Urlaubsadresse hat er auch ausgeplaudert. Er hat mich verraten für eine gute Story! Sein Chefredakteur war ihm wichtiger als ich.«

»Wie hat er dir das erklärt?«

»Gar nicht!« Nun schwankte meine Stimme nicht mehr, und die Tränen, die in meiner Kehle saßen, hatte ich heruntergeschluckt. »Er hat einfach alles abgestritten. Angeblich hatte er keine Ahnung, wie jemand an die Fotos gekommen war. Er hatte alle auf dem PC gespeichert. Niemand kannte sein Passwort! Und trotzdem hat sich jemand an seiner Festplatte bedient!« Ich löste mich von Maik und tippte mir an die Stirn. »Und das sollte ich glauben?«

Ich wartete auf Maiks empörtes Kopfschütteln, aber es blieb aus. Maik sah nachdenklich an die gegenüberliegende Wand. Ich versuchte, den Platz in seinem Arm, an seiner Halsbeuge, seiner Schulter zurückzuerobern, aber ich fand ihn nicht wieder. Es fühlte sich anders an, nachdem ich seine Nähe einmal verlassen hatte. »Bei dir kann ich sicher sein, dass du mich meinst und nicht meine Karriere. Du hast mich schon geliebt, als ich noch völlig unbekannt war.«

»Es sind so viele Jahre vergangen ... », murmelte Maik.

Dann löschte er das Licht, als wollte er das Gespräch damit beenden. Aber seine Körperhaltung veränderte er nicht. Er blieb sitzen, machte keine Anstalten, sich auf die Seite zu drehen und das Kissen zu umarmen, wie er es früher getan hatte, ehe er einschlief.

Wir starrten gemeinsam durchs Fenster in den Nachthimmel, über den die Wolken hetzten. Maik griff nach meiner Hand und hielt sie so fest, als hätte er vor irgendwas Angst. Und ich ließ sie ihm, als könnte ich ihm Mut machen.

Ein Wolkenschleier zerriss direkt vor dem Mond, irgendwo wurde ein Auto gestartet, in der Ferne kläffte ein Hund, ein Zweig wurde vom Wind an die Dachrinne geschlagen!

»Maik«, fragte ich vorsichtig, »weißt du, wer das Grab meiner Eltern pflegt?«

Aber Maik kam nicht dazu, mir zu antworten. Denn in diesem Moment hörten wir das Geräusch ...

Berno riskierte sein Leben! »Für Emily«, murmelte er vor sich hin. Für sie war ihm kein Opfer zu groß. Und wenn es das eigene Leben war, das er hingeben musste!

Er griff zum Balkongeländer, atmete tief ein und aus, sah mit wehem Blick in die nächtliche Ferne und versuchte sich einzureden, dass er keine Höhenangst hatte. Einem Mann wie ihm kam es auf zwei, drei Meter mehr oder weniger nicht an, wenn er für die Frau seines Lebens zum Held wurde.

Trotzdem sah er vorsichtshalber starr geradeaus und vermied jeden Blick nach unten. Und als er ein Bein über das Geländer hob und bäuchlings auf der oberen Kante zu liegen kam, schloss er sogar die Augen, während sein rechter Fuß außerhalb des Balkons einen Halt suchte, den der linke auf der Innenseite nur ungern aufgab. Schließlich stand er außerhalb des Gitters, klammerte sich fest und spürte, dass er sich beeilen musste. Er zitterte so sehr, dass er Mühe hatte, nicht das Gleichgewicht zu verlieren. Vorsichtig ging er in die Knie. Seine Hände glitten mit einem rauen Schaben an den Gitterstäben herab, Flocken des letzten Anstrichs lösten sich unter seinen Händen und rieselten auf seine Schuhe.

Dann war der Moment da. Er musste die Füße von der Balkonkante lösen. Ein dramatischer Entschluss! Berno wusste, sobald er ihn getroffen hatte, gab es kein Zurück mehr. Wenn er erst am Balkongitter hing, wies sein Leben nur noch in eine Richtung: nach unten! So schwer war diese Entscheidung, dass er sogar kurz erwog, seine Pläne aufzugeben, an das Schlafzimmerfenster des Wirtes zu klopfen und um Einlass zu bitten. Aber es war wirklich nur ein winziger Moment, in dem diese Aussicht weniger schrecklich erschien als sein tragisches Ende. Dann wieder war nichts schlimmer als der Verzicht auf sein Heldentum, und er löste auch seinen zweiten Fuß von der Balkonkante.

Er hing! Welch entwürdigender Zustand! Dass ein hängender Mann noch tragikomischer war als einer, der hinter einem Fensterladen kauerte, hatte er vorher nicht bedacht. Er brauchte sich nur vorzustellen, welchen Anblick er bot, wenn Emily zufällig ans Fenster treten sollte, um in einer romantischen Anwallung den Nachthimmel zu betrachten, und stattdessen auf ihn aufmerksam wurde.

Dieser Gedanke war grauenhaft. Und da seine Armmuskeln, die eigentlich gut trainiert waren, bereits verzweifelt um Unterstützung baten, entschloss er sich, sein Leiden nicht künstlich zu verlängern. Er streckte die Beine und Füße, damit der Abstand zum Boden so gering wie möglich war, dann schrie er nur ein ganz kleines bisschen und ließ sich fallen …

Maik sprang aus dem Bett und knipste das Licht an. »Ist da etwa doch jemand auf dem Balkon?«

Er war sich anscheinend noch immer nicht klar geworden, dass man sich anders zu verhalten hatte, wenn man mit einem Star mit Bett lag, den jeder kannte.

»Mach das Licht sofort wieder aus«, herrschte ich ihn an. »Ich will nicht, dass morgen das ganze Land weiß, wie du nackt aussiehst.«

Das wollte Maik zum Glück auch nicht. Erschrocken machte er das Licht wieder aus, stieg hastig in seine Boxershorts und zog sich ein T-Shirt über. Ich fand auf die Schnelle nichts anderes als einen Kimono, der mir nicht gehörte. Die Frage, was Maiks Frau sagen würde, wenn sie morgen ein Bild in der Zeitung sah, auf dem Emily Funke ihren Kimono trug, schob ich beiseite. Jetzt kam es nur darauf an, einen Sensationsreporter auf frischer Tat zu ertappen, ihm die Kamera abzunehmen oder ihn so lange zu ohrfeigen, bis er sie freiwillig herausgab. Und dann würde ich noch wissen wollen und es notfalls aus ihm herausprügeln, wie er mir auf die Schliche gekommen war. Hoffentlich war auf Maik in diesem Punkt Verlass. Ich wusste nur zu gut, dass er keiner Fliege etwas zuleide tat und vielleicht nicht auf die Schnelle zu der Ansicht kommen konnte, für die ich einige Jahre gebraucht hatte: Eine Fliege war nur lästig, ein Reporter die Pest!

»Es ist niemand auf dem Balkon«, hörte ich Maik in diesem Augenblick sagen.

Ich wagte es, mich an seine Seite zu stellen, obwohl ich wusste, wie gefährlich das war. Es wäre nicht das erste Mal, dass ich mit einem Stein, den jemand geworfen hatte, aus der Deckung gelockt und dann zur Zielscheibe für so einen Schmierenreporter geworden war. Und dass ich jetzt kein Blitzlichtgewitter sah, hatte auch nichts zu bedeuten. Die heutigen Kameras kamen ganz gut ohne Blitzlicht aus.

»Mir kam es so vor«, sagte Maik, »als wäre das Geräusch aus dem Hof gekommen.«

Mein Entschluss, das Showgeschäft hinter mir zu lassen, machte mich leichtsinnig. Die Sensationspresse war mir plötzlich nicht mehr so wichtig, und an die Anwälte von Konrad Kipp und dem Prinzen von und zu Salenburg dachte ich nicht einmal. Ich trat ans Geländer und blickte in den Küchenhof hinab. Nichts! Wo konnte der Kerl sich versteckt haben? Ich tastete mit den Augen die Müllcontainer, die leeren Weinkisten und Bierfässer ab, aber ich konnte niemanden entdecken, der sich dahinter versteckte.

»Sollten wir uns getäuscht haben?«, fragte Maik leise.

Ich hätte gerne genickt, konnte so viel Optimismus aber nicht aufbringen. Unauffällig gab ich Maik ein Zeichen, dass es schlau war, sich zurückzuziehen, den Kerl in Sicherheit zu wiegen und heimlich, hinter einer Gardine verborgen, zu beobachten, was dann geschah.

Maik verstand mich sofort, sagte laut »War wohl nichts!« und schob mich ins Zimmer zurück. Dann brauchten wir nicht lange zu warten, bis wir einen Mann sahen, der aufs Tor zuhumpelte, sich mühevoll daran hochzog und es mit großer Anstrengung überwand. Mir waren seine Bewegungen, sein Körperbau, seine Kopfform so vertraut, dass ich ihn trotz der Dunkelheit erkannte.

Derart unvermittelt brach ich in Tränen aus, dass Maik zu Tode erschrak. »Was ist los, Emily?«

»Das war Berno«, schluchzte ich. »Dieser Mistkerl! Anscheinend war er auf dem Balkon und hat Fotos von uns gemacht. Das Geräusch, das wir gehört haben, war sein Sprung in den Hof. Montag wird die *Close up* mal wieder die Nase vorn haben. Ich muss sofort mit Babette telefonieren. Sie soll sich schon mal mit meinem Anwalt in Verbindung setzen. Wenn er Fotos von uns im Bett gemacht hat, kann er was erleben! Dann hat der eine Klage am Hals, die sich gewaschen hat.«

Maik sah mich an, als wäre mir eine Warze auf der Nase gewachsen. »Du meinst ... ich stehe dann auch in der Zeitung?«

Ich nickte vorsichtig. Klar, Maik würde sich erst daran gewöhnen müssen, dass sein Leben für die Öffentlichkeit interessant geworden war, weil er Emily Funke liebte.

»Wir beide im Bett? Und alle Welt kann sich das anschauen?«

Ich bekam es mit der Angst zu tun. »Die *Wattrose* wird so gut laufen wie nie zuvor. Du wirst die Kohle nur so scheffeln.«

Aber Maik ließ sich nicht vom Wesentlichen ablenken. »Wenn Julia das sieht! Ihr Vater mit Emily Funke im Bett! Wie soll sie damit fertig werden?«

Ich hätte Maik gerne gesagt, dass seine Tochter alt genug war. Dass bald Gras über die Sache wachsen würde. Dass nichts so alt war wie die Zeitung von gestern. Dass in einem halben Jahr sich kaum noch jemand an diesen Skandal erinnern würde. »Und in einem Jahr wird nur noch ganz selten ein Reporter in der *Wattrose* auftauchen, um zu fragen, ob ich während des Kochens meine alten Hits singe.«

Ich zog den Kimono aus, in dem ich mich nicht wohlfühlte, und legte mich wieder ins Bett. Nachdem Maik ungefähr fünfundachtzig Mal am Fußende auf und ab gegangen war, legte er sich endlich zu mir. Aber seine Boxershorts und das T-Shirt behielt er an.

## 11.

Berno erwachte mit heftigen Schmerzen. Besorgt tastete er nach seinem linken Fußgelenk und stellte fest, dass es geschwollen war. Obwohl er ein Mann war, den jede krankhafte Veränderung an seinem Körper in Angst und Schrecken versetzte, erfüllte ihn diese ausnahmsweise mit Genugtuung. Er hatte den Sprung vom Balkon zwar überlebt, aber wer konnte schon ausschließen, dass aus seiner Verletzung eine lebenslange Behinderung wurde? Emily würde sich jedes Mal, wenn sie ihn sah, sagen müssen, dass er ihr seine Gesundheit geopfert hatte. Wenn das kein Beweis für seine Liebe war! Und selbst, wenn sie dann nur aus

Mitleid zu ihm zurückkehrte, war das besser als alles andere. Und wenn er das nicht erreichte, würde sie wenigstens glauben können, dass er sie nicht verraten hatte. Wenigstens das!

Berno öffnete die Augen und sah nichts als Kissenberge. Ein Kissen über sich, eins vor sich und jede Menge Kissen unter sich. Plötzlich war ihm, als wäre er von einem Traum aufgewacht. Erstickt unter Kissenbergen!

Mühsam richtete er sich auf, und als seine Nase endlich die Federbettoberfläche erreicht hatte, machte er einen schwachen Kaffeeduft aus. Der Tag war angebrochen! Und Berno konnte nicht verhehlen, dass er nun doch glücklich war, überlebt zu haben. Der große Nachteil, wenn man dem geliebten Menschen sein Leben opferte, war eben, dass man die Folgen dieses Heldentums nicht miterleben durfte.

Er stattete dem Badezimmer der Tornsens nur einen kurzen Besuch ab, denn zweifellos gehörte er eigentlich ins Krankenhaus. Dort würde man ihn nötigen, sich nicht zu bewegen, man würde ihn waschen, füttern und zweimal täglich umbetten. Und man würde ihn zweifellos bewundern für die Tapferkeit, mit der er sich ohne jede Hilfe mannhaft aus dem Bett gestemmt hatte. Wenn es seine Bescheidenheit nicht verbot, würde er dort vielleicht sogar schildern, wie er unter Aufbietung aller Kräfte in die Kleidung gestiegen und mit zusammengebissenen Zähnen die Treppe ins Erdgeschoss bewältigt hatte. So was musste ein Arzt ja wissen, damit er die Spätfolgen berücksichtigte, die aus seiner Mannhaftigkeit entstehen konnten. Frau Tornsen sollte ihm bloß nicht mit Vorwürfen kommen, weil er erst spät in der Nacht zurückgekommen und aufgrund seines angeschlagenen Gesundheitszustandes nicht in der Lage gewesen war, ohne Stöhnen, Seufzen und Fluchen die Treppe zu erklimmen. Wenn diese Frau kein Mitleid mit einem schwerverletzten Mann hatte, würde er auf der Stelle ausziehen. Am besten gleich in die Nordsee-Klinik, wo man sich seiner gern annehmen und auf der Stelle einen Prozess wegen unterlassener Hilfeleistung gegen Frau Tornsen anstrengen würde.

Doch sie hatte ein Einsehen. Noch ehe sie seinen geschwollenen Knöchel in Augenschein genommen hatte, wusste sie nach einem kurzen Blick in sein leidendes Gesicht, dass hier ein Notfall vorlag. Frau Tornsen machte alles richtig. Und Berno verbannte mit Freuden den ganzen Groll, der sich seit seinem Einzug in seinem Herzen eingenistet hatte.

Sie schlug die Hände über dem Kopf zusammen und erkannte auf den ersten Blick, dass Berno dringend ärztlicher Hilfe bedurfte. »Wozu haben wir einen Arzt in der Nachbarschaft wohnen? Den kann man bei schwierigen Fällen auch sonntags aufsuchen. Obwohl er schon im Ruhestand ist!«

Berno war hochzufrieden, dass er ein schwieriger Fall genannt wurde, und hoffte, dass es Emily bald zu Ohren kommen würde.

»Aber zunächst brauchen Sie einen Kaffee!«

Auch da machte Frau Tornsen alles richtig. Sie war sogar drauf und dran, ihm die Tasse an den Mund zu führen, da fiel Berno gerade noch rechtzeitig ein, dass seine Hände nach wie vor voll funktionsfähig waren.

Dann wurde Herr Tornsen aus seiner Werkstatt gerufen, musste sich anhören, wie anstößig es war, sich am heiligen Sonntag dort herumzudrücken, und wurde aufgefordert, sich auf der Stelle um den kranken Feriengast zu kümmern. Herr Tornsen nickte wortlos, wie er vermutlich seit dreißig Jahren zu allem wortlos nickte, was seine Frau vorbrachte, dann wurde Berno von dem Ehepaar in die Mitte genommen und aus dem Hause geführt. Die beiden griffen unter seine Achseln, hoben ihn mühelos an und schleppten ihn durch den Vorgarten, trotz seiner verzweifelten Bemühungen, wenigstens gelegentlich sein rechtes Bein zur Erde zu bringen. Aber es wurde ihm nicht gestattet. Wo ein linkes Bein verletzt war, musste das rechte geschont werden, da es vermutlich in nächster Zukunft die doppelte Arbeit würde leisten müssen.

Als Berno begriff, wohin er verschleppt werden sollte, fing er aufgeregt an zu zappeln. Aber es war zu spät.

»Er scheint starke Schmerzen zu haben«, sagte Frau Tornsen zu ihrem Mann und griff noch fester zu, damit Berno Kaiser kein Bein an den Boden bekam.

Wenige Augenblicke später stand er vor der Tür von Dr. Traum. Und ehe Berno es verhindern konnte, hatte Frau Tornsen schon auf die Klingel gedrückt. Berno konnte nur hoffen, dass Alex noch schlief. Wenn nicht, würde er ihm erklären müssen, warum er auf Sylt war, wo doch in der *Close up*-Redaktion jeder wusste, dass Berno Kaiser in Süddeutschland Emily Funke jagte.


Das Erwachen war wunderschön. Die Nacht hatte einen Zweifel nach dem anderen verschluckt, sämtliche Enttäuschungen, alle unangenehmen Erinnerungen, und nur die guten in den Sonntagmorgen herübergerettet. Als ich auf die andere Seite des Bettes rutschte, war ich sicher, das Maik nicht mehr daran dachte, wie es in der *Wattrose* zugehen würde, wenn Emily Funke dort Fischsuppe kochte. Ich hatte auch meine Eltern und ihr Geheimnis vergessen, das sie mit ins Grab genommen hatten, und sogar Berno und seinen letzten allergrößten Verrat. Leider hatte ich auch vergessen, dass ich noch vor dem Einschlafen Babette angerufen und ihr auf die Mailbox gesprochen hatte. Sie wusste nun, dass mit mir nicht mehr zu rechnen war, dass das Showgeschäft demnächst ohne mich auskommen musste. Hätte ich danach mein Handy abgestellt, wäre nichts passiert, so aber unterbrach uns ein krähender Hahn im absolut falschen Moment.

Maik löste sich von mir. »Kann das was Wichtiges sein?« Ich schüttelte den Kopf. »Was ist wichtiger als du?«

Aber ich merkte schnell, dass der Morgen uns alles wieder auflud, was wir in der Nacht versteckt hatten. Es würde uns nicht gelingen, erneut so zu tun, als wären wir allein auf der Welt und als hätte es die vergangenen zwanzig Jahre nicht gegeben. Also stand ich auf und verließ den Raum mit den Tanzschritten, die ich zu »Love is blind« eingeübt hatte und die mir sogar den Vergleich mit Michael Jacksons Moonwalk eingebracht hatten.

Ich ging ins Wohnzimmer, wo mein Handy neben meiner Perücke auf dem Tisch lag und immer noch krähte. »Es ist tatsächlich Babette!«

Ich blickte zurück, beobachtete, wie Maik sich die Bettdecke bis zum Kinn zog, und sah ein, dass Babette etwas zerrissen hatte, was nicht mehr zu flicken war.

Entsprechend ungnädig meldete ich mich. »Weißt du eigentlich, wie spät es ist?«

»Weißt du eigentlich, was du mir in der letzten Nacht auf die Mailbox gequatscht hast?«, kam es erbost zurück. »Ich kann nur hoffen, dass du betrunken warst.«

»Hör zu, Babette.« Ich sah mich nach etwas um, das ich mir überwerfen konnte, fand aber nichts, was dazu geeignet war, meine Blöße zu bedecken. Also beschloss ich, mich kurz zu fassen. »Ich bin es leid! Ich will nicht mehr! Morgen wird die *Close up* voller Fotos von mir sein.«

»Waaaas?«

»Fotos von Maik und mir im Bett.«

»Wer ist Maik?«

Ich überhörte diese Frage. »Berno hat heute Nacht Fotos von uns geschossen. Er hat tatsächlich die Frechheit besessen, auf den Balkon zu klettern und uns durchs Fenster zu fotografieren. Dieser Mistkerl! Ich bin das alles so leid!«

»Im Bett? Etwa in voller Aktion?«

»Jedenfalls hatte ich die Klamotten, die ich der Praktikantin geklaut habe, nicht mehr an.«

»Das ist kein Grund, deine Karriere wegzuwerfen. Im Gegenteil! Das ist die beste PR für dein neues Album.«

»Du hast doch gehört: Ich will nicht mehr.«

»Wo bist du?«

»Hast du vergessen, dass ich es dir nicht sagen will?«

»Wenn ich es morgen in der *Close up* lese, kann ich es genauso heute erfahren.«

Da hatte sie auch wieder recht. Und wenn Babette wusste, dass ich auf Sylt war, hatte sie noch immer keine Ahnung, wo ich mich aufhielt. Sylt war groß.

Ich wollte gerade antworten ... da hörte ich, wie sich ein Schlüssel in Maiks Wohnungstür drehte. Kurz darauf schlug die Tür ins Schloss, und eine helle Stimme rief: »Ich bin's!«

»Da kommt jemand«, flüsterte ich, so wie in dem Augenblick, als Alex Traum zu meinem Auto gekommen war, um mir bei der Bezahlung der Fahrkarte für den Autozug zu helfen.

»Schon wieder?« Babette schien die gleichen Erinnerungen zu haben. Und wie am Tag zuvor schrie sie: »Hau ab!«

»Geht nicht«, flüsterte ich auch hier, klappte das Handy zusammen, warf es neben meine Perücke und raste ins Schlafzimmer, wo Maik im Bett saß und die Augen so weit aufgerissen hatte, als wüsste er, dass er nun eine Menge zu sehen bekommen würde. Mit einem gewaltigen Satz, unter dem die Bettfedern aufkreischten, sprang ich zu ihm ins Bett und riss die Decke an mich, obwohl Maik sie verzweifelt festhielt. Mehr als einen Zipfel hatte er nicht mehr in Händen, als seine Tochter in der Tür erschien und meine Perücke in die Höhe hielt.

»Was ist denn das?«

Berno war in großer Sorge. Konnte man sich einem solchen Arzt eigentlich anvertrauen? Siebzig war er und praktizierte schon eine Weile nicht mehr. Konnte der wirklich beurteilen, dass sein Fußgelenk keine schwieriger Fall, sondern nur eine harmlose Verstauchung war? Mit geradezu beleidigender Sorglosigkeit hatte er die Tornsens nach Hause geschickt und ihnen sogar gestattet, sich nicht weiter um ihren Feriengast zu kümmern. »Ich verbinde ihm das Gelenk, und wenn er es heute schont und ein bisschen kühlt, ist morgen alles wieder in Butter.«

Selbstverständlich glaubte Berno ihm kein Wort. Aber er beschloss, sich nichts anmerken zu lassen, sondern am nächsten Tag einen Spezialisten aufzusuchen. Der würde dann vermutlich die Hände über dem Kopf zusammenschlagen und von einem verantwortungslosen Kollegen oder gar von Ärztepfusch reden. Nun aber wollte er nur dieses Haus wieder verlassen, ehe sein Kollege Alex erscheinen und ihn in größte Schwierigkeiten bringen würde. Zwar konnte Berno sich einerseits nicht vorstellen, dass er den Weg auf die andere Straßenseite ohne Unterstützung würde zurücklegen können, aber andererseits war er nun doch froh, dass die Tornsens nicht geblieben waren. Sie hätten diese Konsultation womöglich durch überflüssige Plaudereien hinausgezögert. Dann wollte Berno lieber bleibende Schäden riskieren und sich dafür so schnell wie möglich in sein Zimmer zurückschleppen, um dort Frau Tornsen davon zu überzeugen, dass sein Fußgelenk von weiblicher Hand gekühlt werden musste.

Während Dr. Traum eine Salbe auftrug, lauschte Berno ins Haus. Nichts war zu hören. Das beruhigte ihn sehr. Anscheinend schlief Alex noch. Und da Dr. Traum den Namen seines Patienten nicht kannte, musste Berno nur wieder verschwunden sein, ehe Alex erwachte, dann konnte nichts passieren. Für den Rest des Tages würde er das Bett hüten, wenn dieser Arzt, der anscheinend medizinisch nicht mehr auf dem neusten Stand war, auch etwas anderes behauptete. Und vermutlich würde er sich auch in den folgenden Tagen schonen müssen. Die Gefahr, Alex zu begegnen, war damit also gering. Alles würde gutgehen, wenn er nur schleunigst aus diesem Hause herauskam.

Als sein Handy zu klingeln begann, winkte er ab. »Nicht weiter wichtig.«

Aber Dr. Traum stand trotzdem auf und reichte ihm seine Jacke, in der das Handy steckte. »Besser, Sie gehen ran. Sonst wird mein Sohn noch wach von dem Gebimmel. Der soll sich bei mir erholen.«

Was blieb ihm also anderes übrig? Berno suchte das Handy aus der Tasche seiner Jacke, die Dr. Traum ihm auf den Schoß gelegt hatte. Denn natürlich wollte auch er nicht, dass dessen Sohn geweckt wurde und schlaftrunken bei seinem Vater erschien, um zu fragen, was das laute Klingeln zu bedeuten habe.

Berno nahm sich nicht einmal die Zeit, aufs Display zu schauen. Er drückte schleunigst den grünen Knopf und stöhnte ein »Hallo« ins Telefon.

Piet Röders Stimme prallte so laut an sein Ohr, dass Berno Sorge hatte, Dr. Traum könne jedes Wort verstehen. Das musste unter allen Umständen vermieden werden!

Wenn Alex' Vater mitbekam, dass Berno ein Kollege seines Sohnes war ...

Zu weiteren Gedanken kam Berno nicht, denn er war nun vollauf damit beschäftigt, sich über Piet Röders fröhliche Laune zu wundern, seine Fragen nicht an Dr. Traums Ohren dringen zu lassen und seine Antworten so zu formulieren, dass der Arzt keinen Verdacht schöpfte.

»Donnerwetter, Kaiser! Das haben Sie ja großartig hingekriegt! Ich bin schon in der Redaktion. Wann sind Sie soweit?«

Berno war verdattert. »Was meinen Sie?«

»Sparen Sie sich Ihr Understatement. Ich weiß, was Ihnen heute Nacht gelungen ist. Die Agentin von der Funke hat bei mir angerufen und Sie wüst beschimpft. Wenn die Fotos morgen ins Blatt kämen, hätten wir eine Millionenklage am Hals. Ich habe schon mit unserem Anwalt telefoniert. Der sagt, von Millionen könne keine Rede sein. Und ein paar Hunderttausend können wir uns leisten. Für Fotos, die die Funke mit einem Kerl im Bett zeigen, zahlen wir die gern. Kennen Sie den Mann? Irgendein Promi?«

»Nein, ein völlig unbekannter Gastwirt«, antwortete Berno perplex.

»Auch nicht schlecht«, donnerte es zurück. »Also – wann bekomme ich die Fotos?«

»Ein bisschen müssen Sie noch warten«, stotterte Berno. »Ich habe mich dabei verletzt. Schwer verletzt! Ich bin im Krankenhaus.«

Auf Dr. Traums erstaunten Blick reagierte er mit einem Achselzucken. Sollte der sich doch denken, was er wollte! Hauptsache, Berno hatte eine Galgenfrist bekommen, in der er sich überlegen konnte, was eigentlich passiert war und was nun geschehen musste, damit er ungeschoren aus der Sache herauskam.

»Schlimm?« Röders Stimme klang besorgt, aber Berno machte sich keine Illusionen. Ob ein Fotograf für Sensationsfotos sein Leben oder seine Gesundheit riskierte, interessierte seinen Chefredakteur nicht. Wenn der fragte, ob es schlimm sei, dann meinte er damit nur die Probleme, die Fotos zu übermitteln, nicht Bernos Gesundheitszustand.

»Ja, ziemlich schlimm«, antwortete Berno und fügte hinzu: »Ich kann diese Sache niemandem anvertrauen.«

»Um Himmels willen! Bloß nicht«, bestätigte Röder ihn. »Die Agentin sagt, Sie sind auf einen Balkon gestiegen, um die Funke im Bett ihres Lovers zu erwischen. Sind Sie etwa runtergefallen?«

Berno bestätigte es, ohne rot zu werden. »Ich wurde gejagt«, behauptete er und lächelte in Dr. Traums besorgtes Gesicht, damit der glaubte, es ginge nur um einen Spaß. »Dabei hat die Kamera natürlich was abbekommen. Also, ich weiß nicht, ob die noch zu retten ist.«

»Das ist nur eine Sache des guten Willens«, behauptete Röder. »Sie haben Zeit, bis ein Konkurrenzblatt Fotos von der Funke bringt.«

»Alles klar.«

»Oder sind Sie so schwer verletzt, dass Sie im Krankenhaus bleiben müssen?«

»Das ist noch nicht raus. Die Untersuchungen sind noch nicht abgeschlossen.«

Wieder lächelte Berno Dr. Traum an, als ginge es bei seinem Telefongespräch um die Planung eines Kindergeburtstages.

»In welchem Krankenhaus sind Sie? Stadt! Ortsteil! Name der Klinik!«

»Warum wollen Sie das wissen?«

»Damit ich Ihnen jemanden schicken kann, der die Kamera abholt und sich um die Fotos kümmert.«

»Nein, nicht nötig.«

Piet Röder schwieg einen Moment, Berno hörte das Rascheln von Papieren. Dann sagte der Chefredakteur: »Schwierig, schwierig! Alle Leute sind im Einsatz! Der Einzige, der Zeit hat, ist Alex.«

»Der ist viel zu weit weg. Bis der hier ist …«

»Ich besorge ihm einen Flug von Sylt nach Süddeutschland. München oder Stuttgart! Soviel ich weiß, werden die beiden Orte von Sylt angeflogen. Welche Stadt ist besser?«

»München«, antwortete Berno, ohne nachzudenken.

»Den Geburtstag seines Vaters hat Alex nun lange genug gefeiert.«

»Warten Sie noch!«, sagte Berno eilig. »Ich melde mich, wenn der Arzt mir die Untersuchungsergebnisse mitgeteilt hat.«

»Also gut«, kam es zurück. »Aber ich werde Alex schon mal warnen, dass er eventuell heute noch seinen Sylturlaub abbrechen muss.«

Natürlich hielt Röder sich auch diesmal nicht mit Abschiedsworten auf. Er legte einfach auf, und Berno hatte keine Gelegenheit mehr, ihn davon abzuhalten, Alex auf einen Einsatz in Süddeutschland vorzubereiten. Was sollte er bloß tun?

Ratlos sah er in Dr. Traums Gesicht, der ihn fragend musterte. Berno brachte schließlich ein gequältes Lächeln zustande. »Mein Chef«, erklärte er. »Der lässt mir auch im Urlaub keine Ruhe. Nicht mal sonntags.«

Dr. Traum nickte bekümmert. »Das kenne ich. Mein Sohn hat auch so einen Vorgesetzten.«

In diesem Augenblick erklang irgendwo im Haus die Nationalhymne in verdächtig schlechter Qualität. Ohne Zweifel der Ruf eines Handys.

Dr. Traum horchte auf. »Sehen Sie! Würde mich nicht wundern, wenn das Alex' Chef ist.«

Leider ließ er sich nicht zur Eile antreiben, obwohl Berno ihn dringend darum bat.

»Lassen Sie Ihren Chef ruhig ein bisschen warten. Sonst werden Sie nie Ruhe vor ihm haben.«

Umständlich suchte er nach einer Schere, um den Verband abzuschneiden, und dann nach einer Klammer, um das Ende der Binde zu befestigen. Als Berno Schritte auf der Treppe hörte, ahnte er, dass er nicht ungesehen aus dem Haus kommen würde. Und dann geschah auch schon, was er unbedingt hatte vermeiden wollte: Die Tür öffnete sich, und Alex erschien im Raum, im Pyjama, mit verstrubbelten Haaren und seinem Handy in den Fingern.

Verblüfft sah er Berno an. »Was machst du denn hier?«

## 12.

Maik und ich saßen da und schämten uns. Ich hatte Erfahrung darin, von den Eltern im Bett eines Jungen erwischt zu werden, mir war auch die Peinlichkeit vertraut, von einer Ehefrau aus dem Bett ihres Mann gejagt zu werden, und ich hatte sogar schon erleben müssen, dass mich eine Maskenbildnerin mit dem Gitarristen einer sehr angesagten Band zwischen den Kulissen ertappte. Alles sehr unangenehm! Aber das Peinlichste war ohne Zweifel, vom eigenen Kind erwischt zu werden. Das war mir bisher erspart geblieben, und ich war in diesem Augenblick dankbar, dass ich mir eigene Kinder versagt hatte. Ich brauchte nur Maik anzusehen und empfand seine Scham wie eine eigene.

Zum Glück kam Julia uns nicht mit Vorwürfen. Sie ging überhaupt erstaunlich lässig mit der Tatsache um, dass sie jemanden am Tisch sitzen hatte, den sie sonst nur im Fernsehen sah. Ich war sehr erleichtert darüber. Nichts war anstrengender als ein Gesprächspartner, der in Bewunderung erstarrte und dem anzusehen war, dass er so bald wie möglich einer staunenden Zuhörerschaft die Rede weiterreichen würde, die aus meinem Mund gekommen war. Und das vermutlich noch in zehn Jahren und mit großer Wahrscheinlichkeit von Jahr zu Jahr weniger wortgetreu.

Julia sah ihren Vater anerkennend an, als wir uns in der Küche am Frühstückstisch niederließen, was Maik jedoch entging. »Meine Mutter hat mir erzählt«, erklärte sie mir dann, »dass Papa mal mit Emily Funke zusammen war, als sie noch nicht berühmt war. Wohl deswegen habe ich dich gleich erkannt, als du in den Kellerschacht der *Wattrose* gefallen warst.«

Maik sah mich entgeistert an, und ich war dankbar, dass Julia es übernahm, Maik von unserem Kennenlernen zu berichten. Sie war sogar so freundlich, meine Rolle in diesem Schauspiel derart zu beschönigen, dass ich mich selbst kaum wiedererkannte.

Überhaupt war sie ein tolles Mädchen. Sehr hübsch mit ihrem schmalen, intelligenten Gesicht und den langen blonden Haaren. Die hellen Augen hatte sie von ihrem Vater geerbt und die weiche Stimme ebenfalls. Sie war so tough, wie ich mit achtzehn gern gewesen wäre, und so stark, wie es Kinder aus gescheiterten Ehen werden, sofern sie keinen Knacks bekommen.

»Aber dass er es heute noch schafft, dich ins Bett zu kriegen ... echt geil!«

Maik und ich setzten gleichzeitig an, ihr zu erklären, wie wichtig Verschwiegenheit war und dass sie auf keinen Fall ...

Aber Julia ließ uns gar nicht ausreden. »Sehe ich aus, als wäre ich blöde? Ich lese Zeitungen, und ich habe auch die Talkshow gesehen. Total genial, wie du diesen Fiesling fertiggemacht hast!« Sie kicherte schadenfroh. »Und die Prinzessin von und zu soll sehen, wie sie klarkommt. Die Angeschmierte ist eigentlich nur die Tochter.« Sie warf ihrem Vater einen schnellen Blick zu. »Aber das kennt man ja, dass Kinder den Kopf hinhalten müssen, wenn die Eltern sich zoffen.«

»Das kenne ich auch«, lenkte ich ab und dachte an die Fragen, die ich immer wieder gestellt und niemals beantwortet bekommen hatte. »Dafür müssen sich die Eltern nicht mal scheiden lassen.«

Julia bestand darauf, dass sie mein Leben aus erster Hand erzählt bekam. Wenn Maik auch versuchte, die Sache abzukürzen oder zu verallgemeinern, als sein Part an die Reihe kam, Julia wollte alles ganz genau wissen. Und am Ende stellte sie fest: »Das hört sich ganz anders an, als es in den Zeitungen steht.«

Es stellte sich heraus, dass Julia die einschlägige Presse in den letzten Jahren genau studiert hatte. Sie wusste viel von mir, sogar mehr, als mir lieb war.

»Wie konntest du auf diesen Manager reinfallen, der dich ausgenommen hat wie eine Weihnachtsgans?«

Diese Frage hatte ich mir auch schon oft gestellt, leider erst, als es zu spät war.

»Und dass dieser reiche Pinkel dich nur haben wollte, um mit dir anzugeben, habe ich auf den ersten Blick gesehen.«

Ich wollte, ich hätte damals ein vernünftiges Mädchen wie Julia Wanner an meiner Seite gehabt! Einige Fehler wären mir dann vielleicht erspart geblieben.

»Und was war mit diesem Fotografen?«, fragte Julia.

»Schluss, Julchen!«, sagte Maik streng. »Du kannst Emily doch nicht so ausfragen. Du bist ja schlimmer als diese Schreiberlinge!«

Aber ich winkte ab. »Lass nur! Mir scheint, von deiner Tochter kann ich eine Menge lernen.«

Julia und ich grinsten uns an, als könnten wir Freundinnen werden. Daran glaubte ich zwar nicht, da nicht nur der Altersunterschied, sondern auch meine Liebe zu ihrem Vater zwischen uns stand, aber zur Komplizin hätte ich Julia sehr gern gehabt. Deswegen erzählte ich ihr ausführlicher, als es Maik lieb war, was ich mit Berno erlebt hatte.

»Ich dachte wirklich, er ist der Mann fürs Leben. Und Menschen, die für eine Zeitung arbeiten, misstraue ich grundsätzlich, das kannst du mir glauben! Aber Berno ... ich war mir sicher, dass ich mich nicht in ihm täuschte.«

»Aber du hast dich getäuscht?«

»Gründlich! Das habe ich aber erst geschnallt, als ich unsere ganz privaten Fotos in der *Close up* gesehen habe. Es war schrecklich!«

»Hat er wenigstens zugegeben, dass er dich nur haben wollte, um dich auszunutzen?«

»Nein, er hat alles abgestritten.« Ich zerbröselte nachdenklich mein Brötchen, während Maik sich entschloss, im Vorratsschrank nach einer Packung Cornflakes zu suchen, die keiner wollte. »Er hatte die Fotos auf seinem PC in der Redaktion gespeichert. Und zu seiner Festplatte hat nur Zutritt, wer das Passwort kennt. Also nur Berno! Er wollte mir trotzdem weismachen, jemand hätte ihm die Fotos gestohlen.«

Julia schwieg plötzlich sehr ausdrucksvoll. Ich konnte sehen, wie es hinter ihrer Stirn arbeitete. Schließlich meinte sie: »Roby sagt immer, die Leute haben erschreckend wenig Phantasie, wenn es um Passwörter geht.«

»Wer ist Roby?«

»Mein Freund. Er arbeitet in der Computer-Branche. Und er sagt, die meisten Leute hätten Angst, ihr Passwort zu vergessen. Deswegen nehmen sie eins aus dem ganz persönlichen Bereich. Er sagt sogar, die meisten Passwörter finden sich auf dem Schreibtisch.«

Ich starrte sie an. »Du meinst, ein Foto des Kindes steht auf dem Schreibtisch und ...«

»... und der Name des Kindes ist das Passwort.« Julia nickte. »So ähnlich.«

Ich hatte plötzlich das Gefühl, dass die Kälte der Schuld in mein Herz zog. »Nachdem wir uns kennengelernt hatten, hat Berno sein Passwort geändert. ›Miss you!‹«

»Dein größter Erfolg!«

Ich konnte kaum nicken, so schwer war mein Kopf plötzlich. »Das Cover hing an seiner Pinnwand.«

Als Maik an den Tisch zurückkam, blickte er erschrocken in unser Schweigen. »Ist was?«

Wir schüttelten beide die Köpfe. Julia war es, der es gelang, unser Schweigen vergessen zu lassen. »Warum ist dir gestern Abend eigentlich Dr. Traum gefolgt, als du nach Westerland zurückgefahren bist?«

Ich fragte mich, ob ich urplötzlich an Demenz erkrankt und mein Kurzzeitgedächtnis bereits ruiniert war. »Alex Traum hat einen Doktortitel?«, fragte ich, obwohl ich ahnte, dass es um etwas anderes ging.

Julia schüttelte den Kopf. »Ich meine seinen Vater.«

Anscheinend hatte meine Gedächtnisschwäche bereits ein

fortgeschrittenes Stadium erreicht. »Ich kenne seinen Vater nicht«, wagte ich zu sagen, obwohl ich fürchtete, im nächsten Augenblick an etwas erinnert zu werden, was mir auf grausame Weise verriet, dass ich geistig nicht mehr auf der Höhe war.

Aber zum Glück konnte ich bald aufatmen. Jedenfalls, was meinen Gesundheitszustand betraf. Alles andere war mir derart schleierhaft, als hätte Professor Alzheimer persönlich mir die Hand gedrückt und ich könnte mich nicht daran erinnern.

»Ich bin später noch mal zur *Wattrose* zurückgekommen«, berichtete Julia. »Papa hatte mir erlaubt, sein Auto zu nehmen, weil Roby keine Zeit hatte, mich aus Keitum abzuholen. Ich wohne ja seit kurzem in Morsum.«

»Und?«, fragte ich atemlos.

Julia wurde verlegen. »Ich wollte wissen, ob du in die *Wattrose* gegangen bist. Und ob mein Vater sich betrunken hat, als er dich sah. Oder ob er mit einer Herzgeschichte in der Nordsee-Klinik gelandet ist.«

Maik war empört. »Wie du über meine Gesundheit redest!«

Julia winkte ab. »Ich habe durchs Fenster gesehen«, erklärte sie ihrem Vater, »und beobachtet, dass Emily sich gerade von Alex Traum verabschiedete. Dann ist sie aus der *Wattrose* raus.«

»Na und?«, fragten Maik und ich unisono.

»Ich habe auch gesehen, dass Dr. Traum aus dem Garten kam und ihr hinterherfuhr. Mit seinem altersschwachen Motorrad.«

Schlagartig fiel mir der alte Mann wieder ein, den ich vor dem Hotel Roth beobachtet hatte. Und plötzlich wusste ich auch, dass ich ihn dort nicht zum ersten Mal gesehen hatte.

Er war es gewesen, der die Blumen auf dem Grab meiner Eltern begossen hatte. Und er war am Friedhofseingang stehen geblieben und hatte mich beobachtet. Warum?

Noch einmal stellte ich Maik die Frage, die er mir am Abend vorher nicht beantwortet hatte: »Weißt du, wer das Grab meiner Eltern pflegt?«

Maik nickte, ohne mich anzusehen. »Dr. Traum«, sagte er dann.


»Was machst du auf Sylt?«, wiederholte Alex und ließ sich so feierlich und würdevoll auf einem Stuhl nieder, als trüge er einen schwarzen Anzug und nicht einen zerdrückten Pyjama. Er zeigte Berno sein Handy, als sei es ein Beweisstück. »Der Chef hat mich gerade angerufen und mir gesagt, dass du irgendwo in Süddeutschland bist und Hilfe brauchst. Ich soll zu dir fliegen und Fotos abholen, die du letzte Nacht von Emily Funke gemacht hast.«

Berno betrachtete seinen Kollegen aus zusammengekniffenen Augen. »Und nun fragst du dich, was das für Fotos sein sollen?«

Alex zuckte mit den Schultern. »Der Chef sagt, du wärst auf einen Balkon geklettert und hättest die Funke im Bett erwischt. Riskante Sache!«

Berno warf Dr. Traum einen schnellen Blick zu. »Du machst es ja noch raffinierter. Du überlässt deinem Vater das Fotografieren.«

Alex sah aus wie der berühmte Ochs vorm Scheunentor, während sein Vater seinen Arztkoffer einpackte, sortierte, wieder auspackte und noch einmal sortierte, ohne aufzusehen.

»Stimmt, ich bin kein guter Fotograf«, sagte Alex, »aber mein Vater ist noch schlechter. Wie kommst du darauf, dass er für mich Fotos schießt? Und vor allem: Wen sollte er foto-grafieren?«

»Emily Funke!«

»Ich denke, die ist in Süddeutschland!«

»So wie ich?«

Alex starrte in Bernos Gesicht, als bekäme er zum ersten Mal in seinem Leben etwas vom Weihnachtsmann erzählt. In Berno stieg Ärger auf. Was sollte dieses Theater? Merkte Alex nicht, dass er durchschaut war?

Berno beschloss, sich nicht mit Vorwürfen aufzuhalten. »Woher kennst du Emily Funke? Wieso war sie bereit, mit dir eine Exklusiv-Story zu machen? Und vor allem: Wem willst du sie anbieten?«

Nun wurde aus Alex' Entgeisterung Ärger. »Wovon redest du?«

»Von der jungen Dame, mit der du in der *Wattrose* ein In-terview gemacht hast.«

Alex' Unterlippe sackte herab. Dann schien er zu verste-hen, und sein Gesicht verzog sich zu einem breiten Grinsen. »Das war doch kein Interview! Das war Lieschen!«

»Lieschen Müller vielleicht?«, höhnte Berno.

»Weiß ich nicht. Ihren Nachnamen hat sie mir nicht ver-raten. Ich habe sie in Niebüll an der Verladerampe kennen-gelernt und in der *Wattrose* zufällig wieder getroffen.«

Dr. Traum erhob sich und ging durch eine Schiebetür, die er offen ließ, ins Nachbarzimmer. Berno vergaß seine Verlet-zung und wäre sogar beinahe vor Zorn mit dem schmerzen-den Fuß aufgetreten. »Nimm mich nicht auf den Arm, Alex! So dumm ist kein Reporter, dass er der Funke gegenüber-sitzt, ohne es zu merken. Wie hast du das hingekriegt? Warum hat sie ausgerechnet dir verraten, wo sie ist? Und wem willst du die Story verkaufen? Hast du dir eigentlich nie überlegt, was Piet Röder mit dir machen wird, wenn er dahinterkommt? Der wird dir nicht nur den Kopf abreißen und dich fristlos feuern, der wird dir auch eine Schadensersatzklage an den Hals hängen, die dich arm machen wird!«

Alex Traum starrte Berno an, ohne ihn zu sehen. In seinem Gesicht arbeitete es, Berno blieb der Hohn im Halse stecken. Mit einem Mal ahnte er, dass er einen schweren Fehler gemacht hatte. Alex Traum war in diesem Moment zu seinem Mitwisser geworden, und nichts konnte er weniger gebrauchen als einen Mitwisser!

Nun schien Alex allmählich aufzugehen, was ihm widerfahren war. »Du meinst«, begann er zu stottern, »Lieschen ist …«

Berno verzichtete darauf, den Satz zu vollenden, nachdem Alex sich anscheinend nicht getraut hatte. »Sag mal, hast du dich etwa verknallt? Blind vor Liebe? Könnte das zutreffen?«

Alex' Miene veränderte sich nicht, als er nickte. »Ich fand sie total süß, als sie da vor dem Automaten stand und es nicht schaffte, eine Fahrkarte zu kaufen.«

Berno verdrehte die Augen. Niemand wusste besser als er, dass Emily, die ansonsten ausgesprochen lebenstüchtig war, geradezu debile Züge annehmen konnte, wenn sie sich einem Automaten gegenüber sah. Und dass Alex den seltenen Umstand genossen hatte, seine Überlegenheit auszuspielen, konnte er sich gut vorstellen.

»Du hast also wirklich mit der Funke einen Abend verbracht, ohne es zu merken? Viel besser ist das nicht! Piet Röder wird dir auch in diesem Fall den Kopf abreißen. Nur um die Schadensersatzklage wirst du vielleicht herumkommen. Aber die Kündigung ist dir sicher.«

»Und dir?« Alex hatte sich gefangen und konnte wieder klar denken. »Augenscheinlich treibst du ein falsches Spiel mit unserem Chefredakteur. Wieso glaubt der, dass du die Funke in Süddeutschland jagst?«

»Weil ich ihm nicht traue«, antwortete Berno und wusste, wie wenig überzeugend das klang. Ebenso wusste er natürlich, dass man die Charakterschwächen Piet Röders besser nicht klar beim Namen nannte, wenn man seinen Job behalten wollte.

»Außerdem glaube ich nicht, dass ich die Kündigung bekomme«, ergänzte Alex. »Ich habe dem Chef mal tolle Fotos geliefert. Fotos, die alle haben wollten, aber nur die *Close up* hatte sie auf dem Titel!« Er lächelte Berno an, als hätte er vergessen, dass sein Lieschen in Wirklichkeit Emily Funke hieß. »Seitdem hält Röder große Stücke auf mich. Er hat sogar angedeutet, dass er sich erkenntlich zeigen wolle und ich damit rechnen könne, in der Redaktion alt zu werden.«

Im Nachbarzimmer klingelte das Telefon. Dr. Traums Stimme war zu hören. »Ich komme!«

Nur diese beiden Wörter nahm Berno wahr. Es rauschte in seinen Ohren, sein Puls raste, er kämpfte gegen die Schnappatmung an, die ihn immer gleichzeitig mit mörderischer Wut überkam. Er sprang auf, ohne an seinen verletzten Fuß zu denken, fiel aber gleich wieder zurück, als der Schmerz durch seinen ganzen Körper zuckte. Berno fühlte sich so schwach und unterlegen wie schon lange nicht mehr. Dabei hatte er sich in Gegenwart Alex Traums bisher immer stark und unbesiegbar gefühlt!

»Du Schwein!«, stieß er hervor. »Du elendes Schwein!«

Alex sah ihn konsterniert an. »Wie redest du mit mir?«

»Wie mit jemandem, der mein Passwort klaut, meine Festplatte kopiert und damit den großen Reibach macht!«, brüllte Berno.

»Sowas würde ich nie tun.«

Berno wurde schlagartig unsicher. »Sprichst du etwa nicht von den Fotos der Funke, die wir auf dem Titel hatten?«

»Halbnackt, ungeschminkt, unfrisiert.« Alex nickte stolz. »Und ihre Urlaubsadresse in Thailand.« Er sah so zufrieden aus, dass Berno froh war, ihm derzeit körperlich unterlegen zu sein. Mit großer Wahrscheinlichkeit hätte er sich sonst auf ihn gestürzt und ihm die Nase gebrochen.

»Wie bist du an mein Passwort gekommen?«

»Gegenfrage!«, antwortete Alex. »Wieso brauchte ich dein Passwort, um an diese Fotos zu kommen?«

»Verdammt, du sagst mir jetzt endlich ...!«

»Ich habe die Fotos geschickt bekommen«, unterbrach Alex ihn. »Per Mail! Angeblich von einem treuen Leser der *Close up*, der uns einen Gefallen tun wollte.«

## 13.

Ich saß zwischen Maik und Julia am Tisch und wagte nicht, nach Maiks Hand zu greifen, damit er mir Sicherheit gab. Julia erzählte ihrem Vater etwas von einer Versicherungsprämie, die ihre Mutter gezahlt hatte, obwohl sie der Meinung war, dass Maik dafür zuständig war. Maik solle sich deshalb auf das Schreiben eines Anwalts einstellen, der ihm mit Klage drohen würde.

Er nickte zu allem, was Julia sagte, weil er in meiner Gegenwart wohl keine Diskussion über die Ansprüche ihrer Mutter führen wollte. Ich betrachtete sein Gesicht, die feinen Linien darin, die es früher nicht gegeben hatte, die borstigen Haare, die damals nicht aus seinen Ohrmuscheln geguckt hatten, seine Wangen, die runder, und seine Augen, die größer gewesen waren.

Eine Welle der Zärtlichkeit schwappte über mich hinweg. Ich hätte prusten, mich schütteln, jeden einzelnen Tropfen wegwischen können, aber ich ließ sie einfach an mir abperlen. Es war schön, meine Gefühle für Maik auf der Haut zu spüren und sie an meinem Körper herunterrinnen zu lassen.

Seiner Idee hatte ich sofort zugestimmt. Dieser Dr. Traum schien ein merkwürdiges Interesse an mir zu haben, und es sah so aus, als hätte es nichts mit meiner Popularität zu tun. Ich musste wissen, warum er mich beobachtete und sogar verfolgte.

»Er praktiziert zwar nicht mehr«, hatte Maik gesagt, »aber er wird trotzdem noch oft um Rat gebeten.«

Und dann hatte er in den Telefonhörer gelogen, dass es einer Bekannten, die bei ihm zu Besuch sei, nicht gut ginge und Dr. Traum kommen möge, um ihr zu helfen.

Dr. Traum besaß eine kräftige Stimme. Ich hatte hören können, wie er sagte: »Ich komme sofort!«

Und nun saßen wir hier und warteten auf ihn. Es würde nicht lange dauern. Von seinem Haus zur *Wattrose* waren es nur wenige hundert Meter.

Als es an der Tür klingelte, bekam ich feuchte Hände, und als Maik Dr. Traum hereinführte, ahnte ich, dass ich aus einem Grunde von diesem Mann beobachtet und verfolgt worden war, der mir nicht gefallen würde. Er sah mich derart erschrocken an, dass ich auf das Schlimmste gefasst war.

»Sie? Hier?«

Das war kein Fan, der es nicht fassen konnte, plötzlich seinem Star gegenüberzustehen. Nein, hinter Dr. Traums Bestürzung steckte etwas anderes. Aber was?

Maik erklärte mit wenigen Worten, dass er Dr. Traum

unter Vorspiegelung falscher Tatsachen ins Haus gelockt hatte, und entschuldigte sich dafür. »Aber wir hatten Sorge, dass Sie sonst nicht kommen würden.«

Ich hatte erwartet, in Dr. Traums Gesicht Verärgerung zu sehen, Unwille, Ungeduld oder zumindest Staunen. Aber nichts von dem fand ich in seiner undurchdringlichen Miene. Er hatte sich schnell wieder gefangen und sah mich mit einem Ernst an, der mir imponierte und mich gleichzeitig verunsicherte. Die schwache Hoffnung, dass es eine einleuchtende Erklärung für sein Verhalten geben konnte, die nichts mit mir zu tun hatte, fiel in sich zusammen. Ich rechnete damit, in den nächsten Augenblicken zu erfahren, dass Dr. Traum für meine Situation verantwortlich war. Anscheinend hatte er etwas damit zu tun, dass mir die Presse, die Anwälte Konrad Kipps und die des Prinzen von und zu Salenburg auf den Fersen waren. Vermutlich gehörte er sogar zu einer der drei Gruppen.

»Warum beobachten und verfolgen Sie mich?«, fragte ich, ohne mich mit höflicher Vorrede aufzuhalten.

Ich hatte mit Abwehr gerechnet, mit der Gegenfrage, wie ich auf eine derart absurde Unterstellung käme, mit Ausflüchten und Halbwahrheiten. Aber Dr. Traum sah mich nur lange nachdenklich an, dann antwortete er: »Ich verfolge und beobachte Ihr Leben und Ihre Karriere schon lange. Ich glaube, ich weiß alles über Sie.«

Also doch ein Fan, der die Grenze zwischen Neugier und Belästigung überschritten hatte?

»Als ich Sie am Grab Ihrer Eltern sah, habe ich Sie sofort erkannt. Trotz der Perücke.« Ein winziges Lächeln huschte über sein Gesicht, das damit sofort seinen tiefen Ernst verlor. Aber Sekunden später sah er wieder so aus, als wäre jedes Lächeln unangebracht. »Ich wollte wissen, wo Sie wohnen, wollte mich möglichst oft in Ihrer Nähe aufhalten, solange Sie auf Sylt sind.«

»Warum?«, fuhr ich auf.

Wie ich sie hasste, diese Menschen, die mich nicht in Ruhe ließen! Die mir keine Privatsphäre zubilligten! Die mich für etwas hielten, das jedem gehörte! Wie leid ich das war! Ich wollte endlich ein ganz normales Leben führen.

»Warum?«, wiederholte ich, und meine Stimme war noch schärfer geworden.

Dr. Traum nahm den Blick aus meinem Gesicht und sah auf seine Hände. »Das ist eine lange Geschichte ...«

## Epilog

Ein paar Wochen später fegte ein Sturm über Sylt hinweg. Er pustete die Insel leer, die Touristen aufs Festland, die Sylter in ihre Häuser, wo sie alles verriegelten und festbanden, was nicht sicher war, und ansonsten abwarteten, dass der Sturm vorüberging wie alle anderen vorher. So machten es jedenfalls diejenigen, die es sich leisten konnten. Die Feuerwehrleute und alle anderen, die für den Schutz der Insel zuständig waren, konnten sich nicht in ihren Häusern verstecken. Sie waren unermüdlich im Einsatz, hielten fest, was der Wind mitnehmen, holten zurück, was das Meer an sich reißen wollte, konnten aber nicht verhindern, dass es mal wieder ein gutes Stück von der Insel abbiss und verschluckte. Der Strand war binnen weniger Stunden verwaist, die Kurpromenaden hatten bald alles eingebüßt, was das Promenieren schön machte, nur wenige hartgesottene Feriengäste standen gelegentlich an dem Geländer neben der Westerländer Konzertmuschel, hielten sich fest und ergötzten sich am Toben des Meeres. So, wie sie sich im nächsten Sommer daran erfreuen würden, dass sämtliche Sturmschäden beseitigt waren und die Insel wieder so einladend aussah wie vorher.

Eine ganze Woche lang tobte der Sturm, in den ersten beiden Tagen hatten so viele Touristen die Insel verlassen, dass die Eisenbahnwaggons überfüllt waren und die Autozüge in einem Takt fuhren wie sonst nur während der Hochsaison. Dann wurde ihr Dienst eingestellt. Wer bis dahin gezögert hatte, musste entweder bleiben oder mit dem Personenzug von der Insel fliehen und das Auto zurücklassen. Stunden später war auch das nicht mehr möglich, der Hindenburgdamm wurde geschlossen, die Flut hatte ihn eingenommen. Riesige Brecher gingen darüber hinweg, auf Sylt herrschte eisige Stille, während der Sturm und das Meer fauchten und brüllten.

Schon am vierten Tag jedoch setzte der Strom der Fremden wieder ein. Und das, obwohl der Sturm sich nur geringfügig gelegt hatte, obwohl nun sogar der Regen über die Insel peitschte und die Flut ihren Höhepunkt erreicht hatte. Aber immerhin wurde sie nicht mehr Sturmflut genannt, und die Autozüge hatten ihren Betrieb wieder aufgenommen.

Voll waren sie. Voll von PKWs, deren Kofferräume gefüllt waren mit Kameras, Stativen, riesigen Kisten mit Film- und Fototechnik. Auch der Tourismus kam langsam wieder in Gang. Es gab viele, die dem Spektakel unbedingt beiwohnen wollten und froh waren über die vielen freien Kapazitäten der Hotels, die mit Sonderangeboten winkten. Den Wohnungsbesitzern wurden die Schlüssel aus den Händen gerissen, wenn sie selbst gerade wegen des Spektakels auf keinen Fall ihre Sylt-Domizile beziehen wollten. Der Begriff

»Hochzeit des Jahres« prangte bereits auf sämtlichen Titelseiten, der Blätterwald rauschte vernehmlich.

Das Team der *Close up* war im Hotel Stadt Hamburg in Westerland abgestiegen. Piet Röder residierte in einer der Suiten, einige seiner Leute waren nach Keitum gefahren, um etwas von den Hochzeitsvorbereitungen in der *Wattrose* zu erhaschen, was eine Meldung lohnte, andere trieben sich vorm Rathaus in Westerland herum, für den Fall, dass sich dort vorzeitig prominente Hochzeitsgäste einfanden.

Röder sah ärgerlich auf, als Berno eintrat. »Was machen Sie noch hier? Warum sind Sie nicht in Keitum?«

»Alex hat eine interessante Mail bekommen«, entgegnete Berno. »Von einem treuen Leser, der uns einen Gefallen tun will. Er behauptet, die standesamtliche Trauung habe längst stattgefunden und die kirchliche beginne in zwei Stunden.«

Piet Röder sprang auf und kam auf Berno zu, so dass der unwillkürlich zurückwich. »In der Pressemitteilung steht, dass es nur eine standesamtliche Trauung geben wird. Und zwar heute um sechzehn Uhr!«

»Das ist anscheinend eine Finte, um die Presse an den falschen Ort zu locken«, sagte Berno. »Alex ist schon losgefahren und klappert alle Sylter Kirchen ab. Soll ich ihm folgen? Alex' Fotos sind selten gut.«

»Wie glaubhaft ist diese Nachricht?«, fragte Röder.

»Absolut glaubhaft!«, gab Berno zurück. »Alex kennt den Absender. Er sagt, der habe ihm damals die privaten Fotos von Emily Funke geschickt. Ein Mann, der gut informiert ist. Vielleicht ein Bekannter der Funke?«

Aufmerksam sah er in Röders verblüfftes Gesicht. Und ein Lächeln stahl sich in seine Augen, als der Chefredakteur sich abrupt umwandte, zum Fenster ging und hinaussah. So hilflos, ratlos und verloren hatte Berno ihn noch nie gesehen.

»Wirklich derselbe Informant?«, fragte Röder und drehte sich zurück. Der Chefredakteur ließ sich selten in die Karten gucken, jetzt allerdings war seine Miene ein Buch ohne Siegel. »Das kann doch gar nicht sein.«

»Warum nicht?«, fragte Berno zurück. »Wer einmal Insiderwissen verrät, kann es doch ein zweites Mal tun!«

Aber nun hatte Piet Röder sich gefangen. »Wahrscheinlich haben Sie mal wieder was falsch verstanden! Ihnen kann ich nicht mehr vertrauen, Kaiser! Wer Emily Funke in Süddeutschland jagt, ohne zu merken, dass er einer Karstadt-Verkäuferin hinterherläuft, und wer Fotos schießt und sie anschließend versehentlich löscht, dem glaube ich kein Wort mehr!« Er war nun wieder ganz der Alte, der sich hinter Vorwürfen versteckte, wenn er Erklärungen brauchte. Ohne eine Antwort abzuwarten, fuhr er fort: »Nein, es bleibt dabei: Wir vertrauen auf die Pressemitteilung, die die Managerin der Funke rausgegeben hat. Gehen Sie an Ihre Position zurück und warten Sie auf weitere Anweisungen!«

»Also gut!«, sagte Berno und verabschiedete sich.

Vor der Tür der Suite atmete er tief durch, dann setzte er sich in Bewegung. Aber erst, nachdem er sein Handy abgestellt hatte, damit weitere Anweisungen ihn nicht erreichen konnten.

Mein Gott, war ich aufgeregt! Machte ich alles richtig? Geschah alles so, wie wir es geplant hatten?

Julia strich sanft über meine Hand. »Ganz ruhig! Anscheinend hat niemand Verdacht geschöpft. Berno hat gerade angerufen. Piet Röder wollte tatsächlich nichts von der

Mail des treuen Lesers wissen. Er bleibt dabei: Seine Leute warten vor der *Wattrose* und vor dem Rathaus.«

»Das ist der Beweis!« Ich freute mich derart spontan und ausgiebig, dass ich die Maskenbildnerin, die nach Sylt gekommen war, um aus meinen rot gesträhnten Stoppelhaaren so etwas wie eine Brautfrisur zu machen, zur Verzweiflung brachte.

»Wenn du nicht stillhältst, schaffe ich das nie! Dann stülpe ich dir wieder die Perücke auf, die du mir geklaut hast!«

Ich schloss die Augen und ließ sie mit meinen Haaren machen, was sie wollte. Piet Röder hatte also auch das gewusst, was Roby, Julias Freund, schon seit langem klar war: Die meisten Menschen wählen ein Passwort, das sich auf ihrem Arbeitsplatz oder in seiner Nähe befindet, das mit einem sehr privaten und sehr wichtigen Menschen, Ding oder Moment zu tun hat. Miss you! Das Cover meines erfolgreichsten Albums, das an Bernos Pinnwand hing! Anscheinend hatte Röder es ausprobiert – und es hatte geklappt.

Aber natürlich war es ihm viel zu riskant gewesen, die Fotos ins Blatt zu nehmen, ohne erklären zu können, woher sie kamen. Nein, Röder hatte für diesen Zweck eine Yahoo-Mail-Adresse eingerichtet und sie benutzt, um Alex die Fotos zu schicken, die angeblich von einem treuen Leser stammten, der der *Close up* eine Gefälligkeit erweisen wollte. Solche Adressen konnte jeder einrichten, sie erloschen automatisch wieder, wenn sie eine Weile nicht benutzt worden waren. Sollte Röder also nach einem Beweis verlangen, dass der treue Leser tatsächlich der *Close up* ein zweites Mal eine Gefälligkeit erwiesen hatte, würde er ihn bekommen können.

Röder war sicher gewesen, dass Alex froh über diese Chance sein würde. Endlich hatte er einmal etwas zu bieten, was auf den Titel der *Close up* kommen würde. Eine Sensation! Wäre es hart auf hart gekommen, hätte Piet Röder seinen unfähigsten Mitarbeiter ans Messer liefern und seine eigenen Hände in Unschuld waschen können!

»Mistkerl!«

»Ich hoffe, du sprichst nicht von deinem Zukünftigen«, sagte die Maskenbildnerin und machte aus meinen Haaren mit viel Gel ein Kunstobjekt, das noch lange im Gespräch sein würde.

Ich lachte sie im Spiegel an. »Wo denkst du hin? Ich liebe ihn!«

Dann erschien Julias kritisches Gesicht im Spiegel, die der Maskenbildnerin nicht recht traute.

»Wo ist dein Vater?«

»Immer noch in der *Wattrose*. Er lässt sich gelegentlich am Fenster blicken. So lange bist du in Sicherheit.«

»Hoffentlich kommt er ungesehen aus dem Haus.«

Maiks Tochter hatte nach wie vor eine unglaublich beruhigende Wirkung auf mich. »Das Küchenfenster ist von der Straße aus nicht zu sehen. Und der Lieferwagen des Geflügelhändlers wird keinen Verdacht erregen. Wir haben extra ein paar Hühner drin gelassen. Die werden gackern wie verrückt, wenn Papa einsteigt. Ich hoffe nur, dass sein Anzug nicht voller Hühnerkacke ist, wenn er ankommt.«

Dieser Gedanke erheiterte mich so sehr, dass die Maskenbildnerin ein weiteres Mal die Hände über dem Kopf zusammenschlug. Während sie sich mit meinem Make-up beschäftigte, war ich dann aber ganz ruhig. Ich hörte Julia telefonieren, mal mit Alex, mal mit Berno und auch mit ihrem Vater. Sie hatte alles im Griff. Es gab niemanden, dem ich mehr vertraute als Maiks Tochter.

Mit meinem Brautkleid war sie nicht einverstanden, daran ließ sie keine Zweifel, aber ich war ihr dankbar, dass sie ihn nicht äußerte. Erstaunlich, wie konservativ so junge Mädchen sein konnten! Für Julia hatte ein Brautkleid weiß zu sein und nicht regenwolkengrau mit pinkfarbenen Schattierungen. Auch einen Schleier fand sie für eine Braut unerlässlich, sah aber ein, dass es auf meinem Kopf nirgendwo eine Stelle gab, an der er befestigt werden konnte, und die Lieblichkeit, die eine Braut mit Schleier ausmachte, bei mir sowieso nicht zu erreichen war. Auf das rosa Plüscharmband hätte ich Julia zuliebe beinahe verzichtet, aber da ich schon ihrem Rat gefolgt war, die grünen Rosetten, die eigentlich meine Brautschuhe zieren sollten, in die Schublade zurückzulegen, fand ich, dass ich es mit meiner Sympathie für sie auch nicht übertreiben sollte.

Als die Maskenbildnerin ihr Werk vollbracht hatte, war ich sehr zufrieden mit meinem Erscheinungsbild. Julia und die Maskenbildnerin waren es nicht, aber an solche Reaktionen war ich gewöhnt. Noch immer war ich froh, dass die Zeit vorbei war, in der ich in einer verwaschenen Kapuzenjacke zum riesigen Heer der verwaschenen Frauen gehört hatte.

Wir hatten eine Ferienwohnung in Westerland gemietet, da sämtliche guten Hotels von der Presse vereinnahmt worden waren. Die Mutter von Julias Freund Roby arbeitete bei einem privaten Pflegedienst, und dort war man so freundlich gewesen, uns einen Wagen zu überlassen, der normalerweise zum Transport von Rollstuhlfahrern benutzt wurde. Er fuhr unauffällig am Hintereingang des großen Apartmenthauses vor und wurde von niemandem beachtet.

Julia stand neben ihm und sah sich gründlich um, ehe sie zischte: »Jetzt!«

Im Nu saß ich in dem Rollstuhl, für den Robys Mutter gesorgt hatte, damit ich es bequem hatte auf dem Weg nach Keitum zur St.-Severin-Kirche. Ich musste lächeln, als ich an meinen letzten Besuch am Grab meiner Eltern dachte. Diesmal war es umgekehrt gewesen. Ich goss die Blumen, als er, mit einer Gießkanne in der Hand, auf mich zukam. Lachend stellte er sie zur Seite, als er mich sah, dann wurde sein Gesicht ernst, und als er nach meiner Hand griff, sah ich sogar Tränen in seinen Augen schimmern.

»Ich habe deine Mutter sehr geliebt«, sagte er, »und ich hätte diese Liebe gern gelebt. Aber sie hat es nicht über sich gebracht, deinen Vater zu verlassen. Nicht einmal, als er erfahren hatte, dass er zeugungsunfähig war, und einsehen musste, dass er nicht dein Vater sein konnte. Er wollte es nicht wahrhaben und hat jedem mit Klage gedroht, der dich ein Kuckuckskind nannte.«

»Hat er gewusst, dass du mein Vater bist?« Diese Frage hatte ich ihm noch nicht gestellt, obwohl wir in Maiks Wohnung lange über die Vergangenheit gesprochen hatten.

Er nickte. »Er hat von mir verlangt, dass ich schweige, und ich habe mich daran gehalten, weil auch deine Mutter es so wollte.« Er seufzte tief auf, und ich hatte plötzlich das Gefühl, dass er sich unter der Last der Erinnerung krümmte. Aber als ich nach seinem Arm griff, richtete er sich wieder auf.

»Ich war stolz auf dich und deine Karriere«, sagte er. »So stolz! Auch als ich dich in der Talkshow sah. Es war großartig, wie du diesem widerlichen Musikproduzenten die Zähne gezeigt hast.«

»Und du hast damit gerechnet, dass ich nach Sylt fliehe?«

»Ja, ich war ganz sicher.« Er wandte mir sein Gesicht zu, und ich lächelte in seine grauen Augen, die genauso grün gesprenkelt waren wie meine. »Ich wusste nicht, wie ich herausfinden sollte, wo du untergeschlüpft warst, aber dann kam mir ja der Zufall zur Hilfe. Auf dem Friedhof habe ich dich sofort erkannt. Trotz deiner Maskerade. Ich wollte unbedingt herausfinden, wo du wohnst, damit ich auf dich aufpassen konnte. Und dann merkte ich, dass Alex von einer bestimmten Frau schwärmte ...«

Ich spürte, dass ich unter den Erinnerungen lächelte. So, wie auch mein Vater gelächelt hatte, als er mir von Alex' Verblüffung erzählte. Er zog den rechten Mundwinkel höher als den linken und zwinkerte, während er lachte. Genauso machte ich es auch. Welche Sehnsucht mochte meine Mutter befallen haben, wenn sie mich lächeln sah? Und unter welchem Zorn hatte mein Vater wohl gelitten, wenn ich ihn anlachte?

Während der Wagen auf die St.-Severin-Kirche zufuhr, wurde für ein paar Sekunden das Glück der Erinnerung verdrängt von dem Schmerz, den ich in diesem Augenblick so jäh empfand, als wäre er ganz frisch und nicht schon so alt wie mein halbes Leben. Könnte ich doch mit meinen Eltern darüber reden! Mit meiner Mutter und mit dem Mann, den ich in Gedanken immer noch meinen Vater nannte.

Ein dunkler Himmel wölbte sich über der Kirche, der weiße Putz leuchtete daher noch heller als sonst. Bald würde es zu regnen beginnen, dann gab es niemanden mehr, der uns begaffen würde. Auch ein Gewitter sollte mir recht sein, da ich zum Glück darauf vertrauen durfte, dass ein Blitzlichtgewitter ausbleiben würde. Nur Alex empfing mich mit seiner Kamera. Und da er die Exklusivrechte an meiner Hochzeit geschenkt bekommen hatte, war ich damit sehr einverstanden.

Als ich auf die Kirchentür zuschritt, fuhr gerade der Geflügelhändler vom Parkplatz. In seinem Wagen herrschte noch immer Aufruhr. Hoffentlich hatte sich jemand gefunden, der Maik die Federn von der Schulter gepustet hatte.

Mein Vater erwartete mich an der Kirchentür. Bewegt

schloss er mich in seine Arme, und ich ließ mich nur deshalb nicht von Tränen der Rührung übermannen, weil ich der Maskenbildnerin fest versprochen hatte, aufs Weinen zu verzichten, bis alles vorbei war. Schließlich war es möglich, dass doch irgendein Reporter unsere Pläne durchschaut hatte und am nächsten Tag Fotos in der Zeitung stehen würden, die dann eine glückstrahlende Braut und keine verheulte zeigen sollten.

Ich bezwang meine Rührseligkeit sogar, als mein Vater aussprach, was ich nicht zu denken gewagt hatte: »Wenn das deine Mutter noch erleben könnte!«

Ach, Mama! Warum hast du so lange geschwiegen?

Julia drückte sich an uns vorbei, um als meine Trauzeugin Aufstellung am Altar zu nehmen. Dort warteten bereits mein Mann und sein Trauzeuge. Endlich war ich so weit, das aus meiner Aufregung, meinem Lampenfieber und aus meiner Sorge Glück wurde. Reines Glück! Alles war gut! Mein Vater führte mich zum Altar, mein Bruder begleitete uns mit seinem Fotoapparat, am Altar wartete der Mann, den ich liebte, auf mich.

Nie würde ich die Worte vergessen, die Maik zu mir gesagt hatte: »Du gehörst in diese Welt da draußen. Und ich will nicht, dass du mir dein Talent opferst. Du musst singen, Emily! Alles andere würde dich unglücklich machen.«

Ja, er hatte recht. Es war nicht mehr Liebe, es war die Erinnerung an unsere Liebe gewesen. Nun wusste ich, wohin ich gehörte.

Dankbar lächelte ich Maik an, während ich auf Berno zuging und mich an seine Seite stellte.

Ich danke meinem Sohn Jan und meiner Freundin Gisela Tinnermann, die beide viel Zeit für mich opferten, indem sie das Entstehen dieses Buches begleiteten und mir mit gutem Rat zur Seite standen.